「あなたの中が俺をきつく締めつけて悦んでいる。
嬉しいのなら何度でも言ってあげよう、愛している」
「は……っ、あぁあっ」
頭が朦朧として、羞恥に抗う思考が薄れていく。

# 完全無欠の辺境伯と身代わり花嫁の蜜甘婚

～旦那さまに磨かれて愛され妻になりました～

桃城猫緒

Vanilla文庫

# 完全無欠の辺境伯と身代わり花嫁の蜜甘婚

旦那さまに磨かれて愛され妻になりました

contents

イラスト／芦原モカ

# 序章　新妻は抗いたい

「愛してる……、俺の可愛いマルゴット」

涙でぼんやり滲《にじ》んだ視界に映るのは、律動に合わせて揺れる夫の黒髪だ。普段はひと筋の乱れもない彼の髪が今ばかりは無造作で、何度も前髪を手で掻《か》き上げている。

落ちた前髪の陰から覗《のぞ》く琥珀《こはく》色の瞳は、組み敷いた妻の顔をずっと映していた。

破瓜《はか》を迎えたばかりの無垢《むく》な蜜洞をゆるゆると穿《うが》ちながら、ジークフリートは薄く開かれた蠱惑《こわく》の唇に口づける。

「ん、ん……ぅ」

マルゴットは口腔《こうこう》に入り込んできた舌に舌を絡めようとするが、うまくできない。一方的に舌を舐《な》められ、上顎を舐められ、呼吸が乱れるのに、鼻で上手に息ができず段々苦しくなってきた。

「う、ん……はあっ！」

　マルゴットが息を止めてしまっていることに気づいたジークフリートが唇を解放する。まるで水中から浮かび上がって呼吸を取り戻したような妻の姿に、ジークフリートは切れ長の目を柔らかく細めた。

「あなたは本当に可愛いな」

　今度のキスは頬に与えられた。しつこいほどに押しつけられるそれは、愛しすぎて食べてしまいたいと言っているみたいだ。

「か、可愛くないです……」

　うまく口づけができないことをからかわれているのだと思い、マルゴットは少し拗《す》ねた気持ちで返す。しかしジークフリートはますます目を細めると、さらに頬やこめかみや額にキスの雨を降らせた。

「可愛い。あなたはこの世の誰よりも可愛くて綺麗《きれい》だ、マルゴット。愛してる」

　そう囁《ささや》く彼の雄竿がマルゴットの中でさらに大きく膨らむ。

「あ、あぁ……」

　震えた妻の体をジークフリートは抱きしめ、緩やかだった抽挿《ちゅうそう》を速めた。

「愛してる、マルゴット」

　耳もとで繰り返される愛の囁き。マルゴットはしがみつくように彼の背に手を回し、喉の奥からせり上がる嬌声《きょうせい》を零した。

「あ、あ……っ、ジークフリートさ、ま……あ――」

彼の名を呼ぶが、その先に続きそうになる言葉をマルゴットは呑《の》み込む。

『愛してる』、そのひと言をうっかり言ってしまいそうになり、強く唇を噛《か》んだ。

（言えない、言えないわ。『私も愛してます』なんて……！　だってこれは恋じゃないもの、私には恋愛なんて不相応よ。恋はするものじゃなく読むものなんだから！）

破瓜を迎えた夫婦の寝室のベッドで、新妻の心は必死に抗う。

厳格だが優しい夫。見目もよい彼が繰り返し愛を囁いても、妻の唇は同じ言葉を返さない。彼女しか理解し得ない、奇妙な理由によって。

「あぁんっ、んぅ、あぁっ」

初めて知る快感に翻弄され夫の広い背にしがみつきながら、マルゴットは心の中で抗い続けた。

（言えない、『愛してます』なんて私には絶対に言えないわ……！）

# 第一章　醜い花嫁

「『あぁ、愛してます。旦那様』……はぁ、なんてロマンチックなのかしら」

マルゴットはうっとりとため息をついた。簡素な仮綴本《かりとじぼん》の文字を指でなぞり、そこに綴られた台詞を心に焼きつけるように読み返す。

「やっぱりシュザンヌ夫人の恋愛小説は素晴らしいわ。心の描写が繊細で、胸に迫るようで、まるで私まで恋をしているみたい……」

ベーデカー伯爵家の屋敷には、地下の倉庫に交じってひとつの部屋がある。まるで隠されるようにひっそりと在るそこは、ベーデカー伯爵家の長女・マルゴットの私室だ。

普通の貴族令嬢が持つであろう私室の半分も広さがない部屋には、粗末なベッドと粗末な机、そして本が溢《あふ》れ返っている本棚しかない。日の光が入らないためいつも焚《た》かれている灯火皿からは安っぽい油の臭いが漂い、本の紙の匂いと混じり合って独特の香りを充満させていた。

そんな薄暗く不健康な部屋で、マルゴットは机に頬杖《ほおづえ》をつき幸福そうに頬を染める。

「今月はシュザンヌ夫人の新刊も手に入ったし、カゾットの小説も、シュレーゲルの詩集も買えたわ。新しい本が三冊もあるなんて、なんて幸せなのかしら」

机に置かれたまだ手付かずの本を見てうっとりとため息をついたときだった。頭の上の天井がダンダンダンダン！　とうるさい音を響かせる。

マルゴットは慌てて椅子から立ち上がると、バタバタと部屋を出て地上へ続く階段を駆け上っていった。

「な、何か用？　リーゼロッテ」

階段を上がった先の廊下で、腕を組んで待っていたのは妹のリーゼロッテだった。一階の廊下の突きあたり、マルゴットの部屋の真上に位置するここで大きく足を踏み鳴らすと、先ほどのように天井から騒音が響くのだ。そしてそれは、妹のリーゼロッテがマルゴットを呼び出すときの合図である。

自分で呼び出したにもかかわらず、リーゼロッテはマルゴットが現れると害虫でも現れたように目を眇《すが》めた。そして「醜い」と小さく吐き捨てる。

遠慮のない嫌悪感をぶつけられたが、マルゴットは特に怒ることも悲しむこともしない。何故なら彼女の言ったことは尤《もっと》もだと思うからだ。

一日中日あたりの悪い部屋にいるせいで、マルゴットの肌は病人のように青白い。不健康な体は痩せていて、いつも背を丸め机で本を読んでいるせいで酷い猫背だ。使用人と同じ安価な石鹸《せっけん》で洗っている髪は二十歳とは思えないほど傷んでいて、せっかくのプラチナブロンドはくすんで老婆の白髪のようだった。おまけに着古している黒色のワンピースはすっかりくたびれていて、体型や髪と相まってまるで幽霊だ。

しかしマルゴットを一番〝幽霊〟たらしめているのは、額にある醜い痣《あざ》だ。右側の額に大きく広がっているそれはあまりにも目立ちすぎて、マルゴットの本来持つ愛嬌のある大きな目や可愛らしい唇の魅力さえも掻き消していた。

生まれつきあるこの痣のせいで、マルゴットは不遇な人生を歩んできた。

貴族女性が競って美貌を磨くこの時代。生まれたときから大きなハンデを背負わされたマルゴットは、貴族女性としての舞台に上がる資格がないも同然だった。

待望の初子が醜い痣を持って生まれてきたことに父であるベーデカー伯爵は心底落胆し、娘への興味を一切失くした。それでも母は娘に人並みの愛情を注いでくれたけれど、マルゴットが一歳になる前に病で他界してしまった。

母の葬儀が済むと喪も明けぬうちに、父は新しい妻を娶《めと》った。どうやらもともと父の愛人だったらしい彼女は性格は悪いが容姿はとても美しく、一年後に産んだ娘も大変に愛らしかった。

黄金の巻き毛に潑剌《はつらつ》とした美貌を持つ腹違いの妹は父と母の愛情を一身に受け、それはそれは自己肯定感の強い少女に育った。そして対極に醜い姉は『ベーデカー家の恥』と父に罵られ、義母に無視され、妹に蔑まれて育ったのだった。

マルゴットは病弱という名目で人前に出されないまま成長した。それだけでは飽き足らず『視界に入れたくもない』というリーゼロッテの言い分で、十歳になる頃には地下の部屋に移された。

誰から見ても不遇で不幸な人生だろう。醜く生まれ、家族に虐げられ、地下に隠されるように育てられたのだから。

しかし、当の本人であるマルゴットはそこまで悲嘆していない。何故なら、彼女には本があったからだ。

令嬢教育もされず、装飾品どころか服すら碌《ろく》に買い与えられなかったマルゴットだが、月に一度訪れる書籍商から本を買うことだけは許された。抑圧しすぎてマルゴットがよからぬことを考えぬよう、ガス抜きのつもりだったのだろう。しかしその効果は抜群で、本の世界に没頭する楽しみを知った彼女は自分の境遇を嘆くことも、家族に恨みを持つこともしなかった。

本は素晴らしい。決して自分の目で見ることは叶《かな》わない遠い異国の情景を伝えてくれるどころか、時代さえ百年でも二百年でも遡られる。歴史上の偉人の人生を覗き見ることもできれば、空想の世界の英雄に恋をすることだって可能だ。言語も思想も歴史も宗教も常識も、そしてロマンスも。マルゴットに教えてくれたのは全て本だった。

マルゴットは満足だ。一度も華やかなドレスを着たことがなくたって、きっと死ぬまで社交界に出られなくたって、一生この暗い部屋で過ごすとしたって。本という無限に広がる世界がそばにある限り、幸せだと思った。

だから、リーゼロッテが虫けらを見るような眼差しを向けてこようとマルゴットは気にしない。自分が醜いことも、妹が美しいことも事実だ。それがどうした。そんなことよりも早く用事を済ませて部屋に戻り、本の続きが読みたいと思う。

そんな気持ちでマルゴットがソワソワしていると、リーゼロッテは尊大な態度で顎をしゃくり、廊下を指した。どうやらどこかの部屋――おそらく用事があるときのみマルゴットが唯一出入りを許されている居間だろう――に行けということらしい。

(居間ということは、お父様の御用かしら。……悪いことじゃないといいのだけど)

おずおずと歩き出しながら不安に思う。マルゴットは今年で二十歳になった。貴族令嬢は十六歳から結婚できるこの国では、そろそろ行き遅れとされる頃だ。もしかしたら醜聞を恐れた父が、マルゴットを修道院にやってしまうのかもしれない。

　そうなると自由に本が読めなくなってしまうので困るな、とマルゴットは眉尻を下げた。

ただでさえ猫背なのに、ますます背中を丸めてしまう。

　そんな姉を後ろから眺めながら、リーゼロッテは呆《あき》れたようにため息を吐き捨てた。

「見れば見るほど醜い。さすがにライムバッハ卿《きょう》に同情しちゃうわ」

（ライムバッハ卿？）

　聞き慣れない名前を耳にしマルゴットが振り返ると、リーゼロッテは「足を止めないで！　早く行きなさいよ！」と金切り声を上げた。

　居間に着くと、予想通り父が待っていた。父だけではない、義母も一緒だ。珍しい、とマルゴットは内心驚く。義母はマルゴットをいない者のように扱ってきた。嫌っているというレベルではない、完全に存在を無視してきた。

　そんな義母のいる場所に呼び出されるなど、珍しいどころではない。一家四人が揃《そろ》ったのは何年ぶりだろうか。これはただごとではないわと、マルゴットは密かに唾を飲み込んだ。

　父と義母はなんとも渋い表情でマルゴットに視線を向け、それから深くため息をついた。

「本当に一族の恥だ。何故こんな醜い娘がベーデカー家の長女なんだ」

「全くその通りですけど、今更そんなことを言っても仕方ありませんわ。なんとか輿入《こしい》れのときは取り繕いましょう」

なんだか嫌な予感がする。いったいなんの話なのかマルゴットが尋ねようとしたとき、父がソファーに腰を下ろしながら口火を切った。

「マルゴット。ライムバッハ卿のところへ嫁ぎなさい。これは命令だ」

「……とつ、ぎ……？」

あまりに自分とは縁のない言葉に、マルゴットは一瞬混乱した。そして少し考えて、〝結婚〟という二文字に辿《たど》り着き「え!?」と大きな声を上げた。

「な、何故突然そのような……。だって私はその人の顔も見たことがないのに」

社交界に出たことのないマルゴットは当然貴族男性と会ったこともない。それどころか名前さえほとんど知られず、ベーデカー伯爵家の娘はリーゼロッテだけだと思っている貴族も少なくない。そんな自分に、まさか結婚の申し込みが来たというのだろうかとマルゴットは顔を引きつらせる。

すると姉の考えていることがわかったのか、リーゼロッテがフンと鼻で笑った。

「お姉様ったら、まさか自分が求婚されたなんて思ってらっしゃるの？　笑わせないで。求婚されたのはこの私よ。家柄もよく美しく華やかなこのリーゼロッテを是非妻にしたいと、ライムバッハ卿はお手紙を送ってきたのよ」

　なんだ、とマルゴットは安堵《あんど》する。ならばそれは妹の結婚話で、自分には関係ないではないかと。修道院に送られるのも御免だが、どこかへ嫁がされるのはもっと御免だ。貴族の妻などになったら社交界や屋敷を取り仕切るので忙しく、とても読書どころではない。それ以前に、まともな教育を受けていないマルゴットに貴族の妻など務まるわけがない。知識も教養もなくおまけに醜いマルゴットが嫁ぎ先でどんな悲惨な目に遭うかなど、想像に易かった。

「それなら、私は関係ありませんね……」

　ホッとしてそそくさと部屋から出ていこうとしたマルゴットだったが、父から「お前が嫁ぐのだと言っただろうが！　馬鹿者！」という叱責を浴びせられ、ビクリとして振り返った。

「だって、求婚されたのはリーゼロッテなのでしょう？　何故私が嫁がねばならないのですか？」

　父は実に面倒くさそうな顔をしたが、説明しないわけにもいかないと思ったのだろう。かいつまんで手短に話した。

　社交界に積極的に顔を出し明るく美人のリーゼロッテには、十六歳のときから結婚の申し込みが絶えず届いていたのだそうな。しかし家柄や財産、人格や評判など、父のお眼鏡に適う相手が今までいなかったのだという。

それが今年の一月……つまり今から一ヶ月前、ライムバッハ卿から求婚の手紙が届いたのだ。

ジークフリート・フォン・ライムバッハ。彼はこのクータニア帝国の南西部を任されている辺境伯である。ライムバッハ一族は辺境伯としての歴史が長く、治める領地も広大で、代々半主権を持つ領邦君主《りょうほうくんしゅ》だ。〝辺境〟とはいっても帝都から遠く離れているだけで、隣国との国境に接している領地は交易路も有し非常に栄えている。

ジークフリートは二年前に父親が亡くなり領地を継いだ若き当主で、今年で二十六歳だという。リーゼロッテ曰《いわ》く、見目もよく非常に真面目だが厳格すぎる人物だそうだ。

辺境伯という皇室の信頼も厚く、身分も文句なしのジークフリートを父は当然気に入った。今まで来ていた求婚が束になっても敵わないような良縁談だ。父はリーゼロッテの結婚相手を彼に決め、早々に結婚を了承する返事を送った。

……その二週間後だった。ジークフリートから婚約成立の手紙が届くと共に、リーゼロッテに新たな求婚の手紙が届いたのは。

今度の求婚相手はパトリック・フォン・タイバー。なんと二十八歳の公爵家当主からである。

伯爵令嬢であるリーゼロッテにとって公爵家からの求婚というのは、またとない最上の縁談だ。皇室に繋《つな》がる血の持ち主である公爵家と伯爵家では、身分差が大きい。公爵家側によほどのメリットがない限り、婚姻関係を結ぶなどそうそうあり得ない。

では何故タイバー公爵家から結婚を申し込まれたのかというと、パトリックがリーゼロッテにひとめ惚《ぼ》れしたからである。長年外遊に行っていたパトリックは先月初めて舞踏会でリーゼロッテを見て、その美貌に心を撃ち抜かれてしまったらしい。手紙には長々と彼女への称賛と愛の言葉が綴られていた。

じつはこのクータニア帝国の皇室・ホーレルバッハ一族は女好きで、美しい女性に目がないというのは有名な話だ。先代皇帝に十数人の愛人がいたというのも噂《うわさ》ではなく事実である。ホーレルバッハ皇室の血を引くパトリックも、また例に漏れないのだろう。

公爵家からの求婚にリーゼロッテも父も母も大喜びした。そして狂喜乱舞したあと、ライムバッハ辺境伯と婚約が成立してしまったことを思い出した。

求婚に対してベーデカー家の名を記して承諾してしまった以上、取り消すわけにはいかない。公爵家から求婚されたので乗り換えたいなどと断ったら、面目丸潰れのライムバッハ辺境伯が激怒すること間違いなしだ。社交界でも醜聞が広がるし、そうなったらタイバー公爵からの求婚もなかったことになるかもしれない。

父は大いに悩んだ。どうしてもリーゼロッテとタイバー公爵を結婚させたい。リーゼロッテ自身も、嫁ぐのならば身分の高い男のほうがいいに決まっている。それに見目のよさはライムバッハ辺境伯もタイバー公爵もいい勝負だが、辺境伯は少々気難しい。ならば自分に惚れ込み甘やかしてくれそうなタイバー公爵を選びたいと、リーゼロッテは思っていた。

どうやってライムバッハ辺境伯に婚約の取り消しを申し出ようかと悩んでいた父は、ふと思い出したのだ。――我が家にはもうひとり、娘がいたではないか！　と。

「……けど、結婚の申し込みはリーゼロッテに届いたのですよね？　だったら私では人違いになってしまうじゃありませんか」

妹の代わりにライムバッハ辺境伯に嫁がされるのだと理解したマルゴットは、信じられない気持ちで父にそう反論した。すると彼はライムバッハ辺境伯が寄こした求婚の手紙を見せ、ある箇所を指さした。

『ベーデカー家のご息女・リーゼロッテに結婚を申し込む』と書かれた一文だったが、『リーゼロッテ』の部分が水に濡《ぬ》れて滲んでいる。

「この手紙が届いた日は雨が降っていてなあ。少しインクが滲んでしまっていたようだ。

ライムバッハ辺境伯からの手紙には『ベーデカー家のご息女』としか書かれていない。長女か次女かもわからない、なんたって名前の部分が滲んでいたのだからなあ」

白々しく口走った父に、マルゴットは「そんな無茶な！」と思わず叫んだ。

ライムバッハ辺境伯はマルゴットに会ったことがない。顔も知らない。それどころか『ご息女』という書き方をしたということは、リーゼロッテに姉がいることさえ知らない可能性だってある。彼からしてみたら別人どころか見たことも聞いたこともない女性が嫁いでくるのだ、あり得ない話だろう。

「うるさい！　お前のような醜い娘に結婚を許してやるだけでもありがたく思え！　しかも相手は辺境伯だぞ、こんな立派な相手で何が不満だ！」

父に怒鳴り返されて、マルゴットは黙ってしまう。そもそも政略結婚は貴族令嬢の義務のようなものだ。今まで社交界と縁のない生活を強いられてきたが、本来ならとっくに縁談がまとまっていてもおかしくない。そう考えれば相手が辺境伯というのは、かなりよい話のはずだった。しかし。

「わ、私はよくとも、ライムバッハ卿がお怒りになるのではないですか？　彼はリーゼロッテが嫁いでくると思っているのでしょう？　それなのにわ……私のような醜い姉が来たら、怒って追い返されるのでは……」

ライムバッハ辺境伯は厳格だと、さっきリーゼロッテが言っていた。そんな相手を激怒させ、ただで済むとは思えない。追い返されるならマシなほうだろう。屋敷に留め置かれ日常的に殴られたり虐げられたりしたらどうしようと、マルゴットは震える。

だが父としては、ライムバッハ辺境伯がマルゴットに八つあたりするくらい構わないようだ。むしろそれで話が済むのならありがたいと思っている。

「いいから黙って嫁ぎにいけ！　たとえ殴られようと結婚契約書を出すまでは絶対に帰ってくるな、結婚してしまえばこっちのものだ」

クータニア帝国は宗教の教えに従って離婚を禁じている。結婚契約書を出したら、もう取り消すことはできない。

「そんな……」

マルゴットは絶望的な気持ちになる。このまま地下まで走って、部屋に閉じこもってしまいたい気分だ。

ただでさえ醜く、貴族令嬢としての教養もない自分が、詐欺のような真似をして嫁いだところで夫に愛されるわけがない。それどころか嫌忌され見下され、屋敷の者にさえ冷たくあたられるだろう。

「ごめんなさいね、お姉様。私が引く手数多なばっかりに。けど本来ならとても結婚なんてできない醜いお姉様に、辺境伯なんて素晴らしいお相手をあてがってあげたのだから許してね。まあ、私のおこぼれなんだけど」

これっぽっちも悪いと思っていない笑顔で、リーゼロッテは可愛らしく小首を傾げる。そして近づいてくるとドレスの下でマルゴットの足を踏みながら、耳もとで囁いた。

「うまくやりなさいよ。もしライムバッハ卿を怒らせて、私とタイバー公爵の結婚にケチがつくようなことになったら許さないから。鞭《むち》で叩《たた》いたうえ、二度と本が読めないように目を潰してやるわ」

信じられないほど恐ろしい脅迫にゾッとする。この妹ならやりかねない。本を読むことしか生きる意味のないマルゴットにとって、目を奪われたら人生が終わるも同然だ。それだけは勘弁願いたい。

「わかりました……」

蚊の鳴くような声で答えて、マルゴットはギュッとスカートの裾を握った。

マルゴットに拒否権はない。目を潰されるのも嫌だし、そもそも父の決定に逆らえるはずがないのだから。

せめてライムバッハ辺境伯が慈悲の心を持っていて、予想外の妻を受け入れてくれることを願うしかなかった。

それから一ヶ月後。早々にマルゴットはライムバッハ辺境伯のもとへ輿入れさせられた。マルゴットが彼と正式に結婚してしまうまでは、リーゼロッテとタイバー公爵の婚姻話が進められないからだ。

一ヶ月では当然、輿入れや結婚式のドレスを新たに仕立てるのも間に合わない。マルゴットは仕立て屋から買った適当なドレスを着せられ、花嫁教育もそこそこに送り出されてしまった。さすがに初対面から顔の痣を見せるのはまずいと思ったのか、これでもかというほど白粉を塗りたくられた。

そうして家族の付き添いどころか見送りもなく、マルゴットは下働きの随行者をひとりだけ連れて馬車で五日をかけライムバッハ辺境伯の領地へと着いたのだった。

クータニア帝国南西部に位置するライムバッハ辺境伯領。通常の県四つ分にも相当する広大なこの領地は国境に沿って広がっており、五つの都市と百五十三の村、二本の交易路と隣国に繋がる運河を有している。

かつては隣国に対する最大の防壁都市であったが、戦争のないここ数十年は交易都市として栄えており文化の発展にもひと役買っている。そのため隊商や旅行者など他国からの流入者数も多いが、日々問題なく秩序が守られているのは領主であるジークフリート・フォン・ライムバッハの手腕の賜物だろう。

十代の頃から家業を手伝っていた彼は二十四歳の若さで当主の座を継いだあとも、つつがなく領地を治め続けている。勤勉で厳格な性格は、多種多様な人が入り乱れる交易都市の平定にうってつけだ。領地の隅々まで目を配り問題が起きぬよう尽力してくれる若き領主を、領民たちも慕っている。

そんなライムバッハ辺境伯領だが、ここひと月ほどは少々騒がしい。というのも、ついに領主であるジークフリートが妻を娶るからだ。

彼がどこの家の令嬢と結婚するかは、前々から注目の的だった。なんといっても帝国内では皇室に次ぐ規模の領地の持ち主であり、近親の伯父は帝国の選帝侯だ。身分も財産も申し分ないうえ、本人も真面目で若く美形ときている。領民でなくとも、帝国の貴族たちは彼の妻になる幸運な女性は誰か気になっていた。

そうして白羽の矢が立ったのが、ベーデカー伯爵家の令嬢だった。ベーデカー伯爵家は現当主こそ早々に宮廷官を辞め年金暮らしをしている怠け者だが、亡くなった先代は有能な外交官で隣国の商工会に独自の繋がりを持っていた。隣国との交易が盛んなライムバッハ辺境伯としては、その繋がりを手中に収めたいに決まっている。誰もが納得する政略結婚であった。

ベーデカー伯爵家の娘はなかなかの美人ではあるが、性格に少々難ありという噂もまことしやかに流れている。他の令嬢と美貌を競い合って揉《も》めたり、悪い噂を流して足を引っ張り合ったりしているとのことだ。そんな令嬢が領主の妻の座に就くことに不安を唱える領民もいたが、「ジークフリート様が選んだ女性ならば大丈夫だろう」という声のほうが多かった。それに加え、そこまで美貌にこだわっているのならさぞかし美しい妻なのだろうという好奇心を持って注目している者も多い。

何にせよライムバッハ辺境伯の結婚は領民たちにとって大きな話題だった。

そうして迎えた三月。待望の花嫁が輿入れする日がやって来た。

ライムバッハの屋敷では前日から花嫁を迎える準備で大忙しである。この日は花嫁を迎え昼食会を開いたあと、教区教会へ行って結婚契約書を出す予定だ。

ベーデカー家の希望で婚約から輿入れまでたった一ヶ月にされてしまったので、諸々の準備が間に合わず、盛大なお披露目パーティーは後回しで三ヶ月後になる。

それでもジークフリートは最大の誠意を持って花嫁を迎えようと努めていた。

「お似合いでございます、旦那様」

ライムバッハ邸、当主ジークフリートの部屋は今日も塵《ちり》ひとつない。大理石の床はピカピカに磨かれ、白を基調とした広い部屋には金で縁取られた大きな窓から明るい陽光が差し込んでいる。明るく華やかなインテリアや室内装飾が今の主流だが、深みのあるローズウッド材で作られたテーブルや椅子が、渋いアクセントになっていた。

縁に金で精緻な紋様があしらわれた姿見に全身を映し、ジークフリートは己の恰好《かっこう》をじっくり見定める。余計な皺《しわ》はついていないか、ほつれや汚れはないか。そして少し曲がっていたクラヴァットを指で直すと、鏡を見たまま僅かに口角を上げた。

「悪くない。妻を迎えるには不足ないだろう」

ワインレッドのコート、ウエストコート、ブリーチズの三つ揃えは今日のために仕立てたものだ。コートの襟袖にもウエストコートにも、金糸と銀糸、模造宝石をたっぷり使った華やかな織柄が入っている。クラヴァットピンもカフスも、脚衣に隠れて見えない靴下留めまでとっておきの物にこだわった。もちろん銀のバックルのついた靴もピカピカだ。

真面目な性格のジークフリートにとって服飾は礼儀と品格の表れだ。普段も隙がなくきちんとしているが、今日のような特別な日に手を抜くことは許されない。

ジークフリートは容姿も端整だ。眉は凛々《りり》しく、鼻筋が通っていて引き結ばれた口もとは厳めしく男らしいが、切れ長の目は涼やかで睫毛《まつげ》は長く、女性的な妖艶ささえ感じられる。豊かな黒髪は健康的な艶があり、いつだって乱れることなく整えられていた。身長は高く肩幅も広いが粗野な体躯《たいく》ではなく、長い手足からは洗練された雰囲気が感じられた。

そんな彼が気合いを入れて恰好を整えたのだから、悪いわけがない。長年ライムバッハ家に仕えている侍従長のマイヤーも、今日のジークフリートの姿には目を細めざるを得なかった。

「では参りましょう。そろそろ到着されるお時間です」

「ああ」

背筋を伸ばしジークフリートは屋敷の玄関へ向かう。玄関ホールではすでに従者から下働きまで屋敷中の者が集合し整列していた。

ジークフリートが扉の正面に立つと、ちょうど外から馬車の停まる音がして、「ベーデカーご令嬢ご到着！」と衛兵の声が聞こえた。花嫁を迎え入れるため、巨大な両開きの扉が開かれる。

屋敷の門から玄関までの花と水路に囲まれた道を、花嫁がゆっくりと歩いてくる。

……しかし、ジークフリートはすぐに違和感を覚えた。彼だけではない、後ろに控えているマイヤーも、玄関アプローチに並んでいる衛兵たちもだ。

（……随行者は荷物持ちらしき老婆ひとりだけか？　馬車もあの小さなもの一台だけ？）

貴族令嬢の輿入れといったら、普通は競い合うように華美で豪奢《ごうしゃ》なものだ。貴族の面子もあるし、何より大事な娘が嫁ぎ先で馬鹿にされないよう多少無理をしてでも見栄を張る親心である。それなのに、こんな侘《わび》しい輿入れなど見たことがない。

思わず眉間に皺を寄せたとき、花嫁がおずおずと玄関に入ってきた。ジークフリートはそこでまた眉間の皺を増やす。

（……姿勢が悪い）

それは本来その人が持つ美しさを半減させる欠点だった。俯《うつむ》いて背を丸め、肩を内に縮める姿はまるで物乞いか老婆で、とても若い娘とは思えない。そして彼女が近づけば近づくほど、ジークフリートは不快感に顔を顰《しか》めた。

手入れの行き届いていない傷んだ髪は簡素にまとめられ、最低限の体裁とばかりにリボンのヘッドドレスが飾られている。水色のドレスは一応新品のようだがサイズが合っておらず、彼女のためにあつらえたのではないのが一目瞭然だった。

（これが俺の花嫁だと……？）

何もかもがおかしい、ジークフリートがそう思ったときだった。目の前までやって来た花嫁が、ずっと俯かせていた顔をおずおずと上げる。その瞬間彼は驚きのあまり、「誰だ、お前は⁉」と叫んでしまった。

花嫁であるリーゼロッテとは、舞踏会で一度会っただけだ。けれど顔を覚えていないわけがない。気の強そうな上がった眉尻、傲慢そうな笑みを浮かべる口もと、パーツは整っているが自信と驕《おご》りが滲んでいる顔立ちだった。……つまり、絶対に、決して、こんな大きな丸い目を泣きそうに潤ませて眉尻を下げ、小さな唇を震わせるいたいけな女性ではなかったはずだ。

大声を上げたジークフリートに花嫁はビクッと体を震わせると、再び俯いて「ご、ごめんなさい。ごめんなさい」と謝ってきた。

その姿があまりに哀れでジークフリートは一瞬怯《ひる》んだが、そんな場合ではないと彼女に詰め寄る。

「おまえは誰なんだ。俺の花嫁は……ベーデカー令嬢はどこだ?」

すると見たこともない女は、一枚の書状を差し出しながら耳を疑うことを言うではないか。

「わ、私があなたの花嫁です。マルゴット・フォン・ベーデカー。ベーデカー家の長女です」

ジークフリートは目が点になった。彼女が何を言っているのか理解できずしばらく固まったあと、差し出された書状をひったくるように奪い急いで内容を確かめる。そこにはベーデカー伯爵のサイン入りで『我が娘・マルゴットとの結婚を心より喜び申し上げます』

という内容が綴ってあった。

「……どういうことだ？　俺は何か冗談に付き合わされているのか？」

全く理解できないといった表情を浮かべたジークフリートに、目の前の哀れでみすぼらしい花嫁がたどたどしい言葉で説明しだした。

「ベーデカー家にはふたりの娘がおります。ライムバッハ卿は『ベーデカー家のご息女』に結婚を申し込まれました。ならば順番からいって長女の私に求婚されたはずなので、間違いではございません……」

その言い分に、唖然《あぜん》としてしまったのはジークフリートだけではなかった。もはやマイヤーも周囲の侍従たちも遠慮なくポカンとしている。

ジークフリートは自分の記憶を辿った。ベーデカー家に娘がふたりいることは知っていた。結婚するのだから相手の家のことをしっかり調べるのは当然である。しかし姉のほうは戸籍はあるものの社交界に出たことはなく、それどころか一切外に出た記録も話もない。なんでも生まれつき病に伏せっていて、屋敷から出られないとのことだ。調査をしてもそれ以上の情報は得られず、長女はいるのかいないのかもわからない消されたような存在だった。実際、ベーデカー家に長女がいることを知らない者も多い。

それに比べ次女のリーゼロッテは積極的に社交界に顔を出し、ベーデカー家の看板を背負って結婚相手を探しているようだった。

『ベーデカー家の娘に求婚』といえば、この国の貴族の九割以上がリーゼロッテへの結婚申し込みだと思うだろう。順調に進んだこの結婚話に、いったいどこの誰がまさか長女が嫁いでくるなどと思うだろうか。

しかしそれでも、真面目なジークフリートは手紙にきちんと書いたはずだった。求婚相手の名前を。

「……俺が結婚を申し込んだのは次女のリーゼロッテだ。手紙にしっかりそう書いた。あなたには悪いがお引き取りいただき、正式にリーゼロッテを寄こしていただきたい」

目の前の女の正体が判明したのはいいが、やはりおかしいものはおかしい。ジークフリートがきっぱりそう告げると、マルゴットは怯えた様子を見せながらも首を横に振った。

「きゅ、求婚のお手紙には妹の名前はありませんでした。……手紙が届いた日は雨だったので、もしかしたら一部滲んで読めなくなってしまったのかもしれませんが……『ベーデカー家のご息女』とだけあったので、私が参ったのです。ですから間違いではなく、私があなたの花嫁です……」

なんとデタラメなことを言いながら、なんと悲しそうに怯えるのだろうか、この娘は。

そんな怒りと哀れみの感情に苛まれ、さしもの聡明《そうめい》なジークフリートでも言葉が出てこなくなった。

　周りの従者たちが困惑の視線を投げかける中、ジークフリートは頭を振り眉間を指で押さえしばらく考え込む。

　今まで隠されてきた長女。あまりにみすぼらしい恰好と扱い。デタラメで強引な言い訳。

（……厄介者の長女を押しつけられたというわけか）

　ベーデカー家の事情と企みを察して、ジークフリートは沸々と怒りが湧いた。

　リーゼロッテは社交界で人気が高い、求婚も引く手数多だ。おそらく欲の出たベーデカー伯爵がライムバッハ家とどこか条件のいい家の求婚を両方逃したくなく、こちらに長女をあてがってきたのだろう。

「やることが滅茶苦茶だ。常識というものがないのか」

　ジークフリートは深くため息を吐き出し、マルゴットに向かって言った。

「この縁談は破棄だ。当然だろう、こんなふざけた真似が通用してたまるか。あなたはこのまま帰って、お父上にそう告げなさい」

　すると、マルゴットは悲しそうに眉を八の字にしたあと、微かに安堵のような笑みを浮かべて「そ、そうですよね」とか細い声で言った。そして笑っているのか泣いているのかわからない複雑な表情を浮かべると、自分の手を胸の前でソワソワと握りながら「でも」

と続けた。

「私じゃ駄目……でしょうか？　こんな私でも一応ベーデカー家の娘には変わりありませんし……」

それまで詐欺の片棒を担いできたマルゴットに、一片のよい感情どころか嫌忌の情すら持っていたジークフリートだが、彼女の濃いヴァイオレットの瞳に縋《すが》るように見つめられ初めて同情の念が湧いた。

彼女のたったひとりの随行人は、どうでもいいとばかりに欠伸を零している。嫁入り道具は旅行鞄《かばん》たったふたつぶんで、輿入れのドレスすらいい加減だ。

令嬢教育をされてこなかったことがひと目でわかる姿勢の悪さ、健康的ではない病人のような青白さ、そして何よりずっと怯えている彼女の表情。

ジークフリートはマルゴットが今まで生家でどんな扱いを受けて育ったのか、嫌というほど理解してしまった。そして理解してしまったことを後悔した。何故なら彼はこの哀れな娘を残虐な家族のもとに送り返せるほど、冷酷な心は持っていないのだから。

再びジークフリートは大きなため息を吐き出すと、まっすぐにマルゴットを見つめて尋ねた。

「名はマルゴットと言ったな」

「は、はい」

「持病はあるか?」

「ありません」

「子を産める体か?」

「も、問題ないと思います」

「ならいいだろう。どうせ互いの家のための結婚だ、姉でも妹でも構わない」

ジークフリートは自分を納得させるようにそう言った。

これはもともと両家の利益のための結婚である。ジークフリートとしてはベーデカー家の親族となり、隣国の商工会に顔が利くようになればそれでいい。あとはマルゴットが健康な体で跡継ぎさえ作れれば、それ以上望むことはなかった。

本来の求婚相手のリーゼロッテも難ありの性格だと承知したうえで、妻に迎えるつもりだったのだ。彼女に女主人として活躍し夫の力添えになることも望んでいなかった。ただ問題を起こさずにいてくれれば、多少の散財にも目を瞑《つむ》ろうと覚悟していたくらいだ。ならば散財するようなタイプには見えないマルゴットのほうが、ややマシかもしれない。

「よ、よろしいのですか!? 旦那様!」

驚いて声を上げたのはマイヤーだ。姉妹とはいえ花嫁が替わってしまった事態に動揺を隠せていない。周囲の従者たちも同じだった。声にこそ出さないが「それでいいのですか!?」という表情が浮かんでいる。

「幸いお披露目の招待状もまだ出していない、なんとかなる」

気持ちを切り替えたジークフリートは冷静さを取り戻し、微かに口角を上げた。

「それにこの結婚を承諾し、ベーデカー家に恩を売っておくのも悪くない。先代当主の人脈は全部吐き出してもらおう。こちらは結婚詐欺として訴えればいつでも勝てる立場だ。ベーデカー伯爵め、俺を利用しようとしたようだが逆に弱みを握られたな」

フンと鼻を鳴らしジークフリートは片手を上げると、整列していた従者たちに持ち場に戻るよう命じる。そしてチラリとマルゴットを見てから、マイヤーに「昼食会は中止でいい。予定を繰り上げこのあと教区教会へ行く」と命じた。彼女には悪いが、先方が礼儀を払っていないのに、こちらが尽くす理由もない。そもそもこんないい加減な恰好のマルゴットを、会食でジークフリートの隣に座らせるわけにはいかない。

目をしばたたかせたまま立ち尽くしているマルゴットに、ジークフリートは振り返ると「出発まで部屋で休んでいなさい」とだけ言い残して去っていった。

それからマルゴットとジークフリートは揃って馬車で教区教会まで行き、結婚契約書にサインをした。これで戸籍上、ふたりは夫婦である。

予定を変更して時間をずらしたおかげでジークフリートに祝福の声をかけようと思っていた市長や領民たちと鉢合わせることはなく、少し驚いた顔の司教が淡々と婚礼の儀式を進めてくれただけだった。

行き帰りの馬車はふたり一緒だったがジークフリートはひと言も発さず窓の外を見ており、マルゴットもただ黙って下を向いていた。

そうして無事に手続きが済み屋敷に戻ってきたマルゴットは「あとは自由にするといい」とジークフリートに言い渡され、与えられた自室でひとり、ようやく安堵の息を大きく吐き出したのだった。

「はあ～……疲れた」

水色の花柄の生地が貼られた寝椅子に凭《もた》れ掛かり、マルゴットはぐったりと体の力を抜く。間違いなく人生の中で今日が一番くたびれた日だ。

ジークフリートに会うまで、結婚を断られたらどうしよう、怒鳴られたらどうしようという心配ばかりしていた。実際断られたし怒鳴られもしたのだが、なんとか婚姻成立に漕《こ》ぎつけたのだから万々歳だ。これでリーゼロッテに目を潰されないで済むと、胸を撫《な》で下ろす。

従者が部屋に案内する際に用意してくれた紅茶をひと口飲んで、マルゴットはほっと息をついた。

（純粋な政略結婚でよかったわ。もしライムバッハ卿がリーゼロッテに恋をして結婚を申し込んだのなら、私は絶対に追い返されていたもの）

とりあえず婚姻は果たしたのだ。あとはなるべく目立たないように過ごそうと思う。

マルゴットには教養がない。マナーもよくわからない。人前に出たらそれが露呈するだけではなく、ジークフリートの顔に泥を塗ることになるだろう。そうなれば彼からもきつくあたられるだろうし、この家の従者たちにも蔑まれる。

マルゴットは見下されることには慣れているが、殴られたり食事を与えられないような境遇になったりしたらさすがにつらいと思う。だったら息を潜め目立たず、なんなら体が弱いと偽ってなるべく人前に出ないほうがいい。いっそ部屋に閉じ込めて放っておいてくれた方が気が楽だった。

「あ、でも……」

マルゴットは紅茶を飲みながらふと思い出す。『子は産める体か？』と聞かれたことを。

（……床を共にしなければ駄目かしら）

貴族の妻の一番大きな義務は跡継ぎを産むことだ。そのために致さなければいけない行為を考え、心がズンと重くなった。

相手が誰であれ、同衾《どうきん》などしたくない。どういうものだかよくわからないというのもあるし、他人とほとんど触れ合ったことのないマルゴットにとって裸で体を重ね合うなんてあまりにも恐ろしかった。それに。

(きっとこんな顔を近くで見たら、ジークフリート様だって不快に思われるわ)

マルゴットは立ち上がり、壁に掛けてある鏡に自分を映す。

額の醜い痣は、不自然なほど白粉で塗り固めたうえに前髪を下ろして隠してある。前髪を捲《めく》るとうっすらと赤黒い色が透けていて、我ながら不気味だとマルゴットは思った。ジークフリートに気づかれなかったのが幸いだ。

同衾の際には顔を近づけることもあるだろう。痣に気づかれる可能性は大きい。そもそもこんなに白粉を塗りたくった顔など、見つめたくもないかもしれないが。

どちらにせよマルゴットは自分が醜くて、男性に好かれない容姿であることを自覚している。いくら夫婦の義務だからといって嫌がる夫に抱かれるのは、想像しただけでつらいものがあった。

(本当にジークフリート様はお気の毒だわ。あんなに恰好いいお方なのに、私なんかを娶らなくてはならないなんて)

自分の醜さを痛感して、もはや彼に同情の気持ちさえ起きてしまう。実際、マルゴットの目から見てもジークフリートは大変な美丈夫だった。きっと彼と結婚したい女性は星の数ほどいるに違いないのに、その座に就いたのはよりによって『醜い』と罵られ隠されて育てられてきた女だ。いったいなんの皮肉なのかと、苦笑さえ浮かんでしまう。

もう何度目かわからないため息をついてから、マルゴットは気持ちを切り替えようとベッドの上に置いた旅行鞄を開いた。

マルゴットの持ってきた荷物は旅行鞄たったふたつ。ひとつにはドレスの替えが二着と下着やハンカチ。そしてもうひとつには詰め込めるだけ詰め込んだ、本がぎっしり入っている。

馴染《なじ》み深い紙とインクの匂いを嗅いで、ずっと強張っていたマルゴットの顔が綻んだ。お気に入りの一冊を手に取りページを開けば、不安も憂いも吹き飛んでしまう。

マルゴットは昼食が部屋の前に運ばれてきたことも気づかないほど没頭して読み耽《ふけ》り、外が暗くなってきた頃、正餐室《せいさんしつ》へ呼びにきた侍従の声でようやく我に返ったのだった。

昼食は別々だったので、晩餐は初めて夫とテーブルを囲む時間だ。

ライムバッハ邸の正餐室は驚くほど広く華麗だった。大きなクリスタルガラスのシャンデリアが部屋の中央から下がり、白い壁面は金箔《きんぱく》を押した装飾があしらわれている。白い大理石の床の上には多色の糸が使われた機械織りの絨毯《じゅうたん》が敷かれ、暖炉は陶磁器製のタイルで作られていた。

金で縁取られた楕円《だえん》形のテーブルには十人以上が着けそうだったが、今夜はジークフリートとマルゴットのふたりしかいない。給仕係が運んでくれる料理はどれも手が込んでいて素晴らしかったが、ふたりは言葉を交わすこともなく、また顔を向けたり目を合わせたりすることもなく、ただ黙々と料理を口に運んだ。

マルゴットは緊張する。この気まずい雰囲気に呑まれているだけでなく、食事の作法にあまり自信がないからだ。

マルゴットは令嬢教育をされてこなかった。ジークフリートとの結婚が決まってからはさすがに最低限のマナーは教えられたが、あまりにも付け焼き刃すぎる。ふとした拍子にボロが出てしまうのではないかと考えると、ご馳走《ちそう》の味もわからなかった。

俯きながらもチラチラとジークフリートのほうを窺《うかが》い、自分の作法が間違っていないか確かめる。するとマルゴットは今更ながらあることに気づいた。

(ジークフリート様、先ほどとお召し物が違うわ)

晩餐のときは別の服に着替えるのがマナーなのだと知ったマルゴットは、たちまち顔を赤くする。自分は朝からずっとこのドレス姿だ。髪も変えていない。

かといって晩餐用に着替えてしまうと、替えのドレスが二着しかないのだから明日また同じ服を着ることになる。どちらにしろ一日に何度も着替える余裕などマルゴットにはなかった。

自分の無知とみすぼらしさを痛感したマルゴットは、もう食事が喉を通るどころではない。一刻も早くここを立ち去りたくて、俯いたまま料理にほとんど手をつけられないほどだ。

デザートが終わりようやく最後のコーヒーが運ばれてくると、マルゴットはそれをひと口だけ飲んで「お先に失礼いたします」と逃げるように正餐室を出た。なんだかジークフリートだけでなく給仕係や侍従の視線が痛いと思うのは、気のせいではないだろう。

着替えるドレスもなく、ぎこちない作法で食事をとるマルゴットを、ジークフリートはどう思っていたのか。考えると恥ずかしさと情けなさで泣きたくなってきた。

(明日からは夕食も自分の部屋でとれないかしら。もう人前で食事をしたくない)

私室に駆け戻ったマルゴットは、閉めた扉に凭れ掛かりながら切実に思う。十数年間、ずっとひとりぼっちだったのだ。誰かとテーブルを囲む楽しみも、食事のおいしさを分かち合う喜びも、彼女は知らない。

マルゴットの心にあるのは不安と恥辱ばかりで、今はただ夫との食事の時間などなければいいのにとしか思えなかった。

しかし、貴族の妻として嫁いだ以上マルゴットは放っておかれるわけがない。

夜が更け始めた頃、再び部屋の扉がノックされ湯浴みの準備が整ったと女中が告げにきた。マルゴットは深くため息をついて支度をする。

旅行鞄から取り出したのは一枚しか替えのないシュミューズだ。ドレスの下に着る肌着でもあるが、特別な寝間着など持っていないマルゴットはこの姿で寝る。一応新品ではあるがフリルもリボンもない素っ気ないものだ。

女中に案内されて浴室へ行ったマルゴットは、またしてもその広さと壮麗さに驚く。手前が脱衣や湯浴み後に肌の手入れなどをするスペースになっており、リラックスできる寝椅子や化粧台だけでなく、バスタブに浸かりながら嗜《たしな》めるワインやフルーツなども備えられていた。

衝立で区切られた奥には水はけのいいタイルが貼られ、そこに陶器でできたバスタブが置かれている。湯に香料が入っているのか、いい香りがする湯気が立っている。

ベーデカー家にいたときは桶《おけ》に張った湯で体を拭くか、屋敷の裏でこっそり水浴びをするのが日常だったので、こんな立派な風呂は初めてだった。

マルゴットは女中の手を借りてドレスとコルセットを脱いだ。地下で暮らしていたときは簡素なワンピースを着ていたので自分ひとりで着替えられたが、さすがにゴチャゴチャとしたドレスはひとりでは着脱できない。けれど服を脱ぐのに他人の手を借りるのは未だに慣れなかった。

「あ、あとは自分でできますから……」

女中らは脱衣だけでなく湯浴みの手伝いもしようとしたが、それは断った。誰もいなくなった浴室でひとり、マルゴットは厚く塗られた顔の白粉を濡れたタオルで拭いて落とす。不自然な化粧を落とした安堵感もあったが、やはりこの屋敷で素顔になるのは不安だ。

手早く体を綺麗にし、バスタブから上がる。もし不意に誰かが入ってきて顔を見られたらと思うと落ち着かなかった。すると。

「あら？」

籠に入れておいた着替えのシュミューズがない。代わりに手触りのいい寝間着が入っている。広げてみるとそれは上質な薄絹でできていて、袖と襟のフリルには銀糸と色糸の精緻な刺繍《ししゅう》まで入っていた。

「誰かの忘れ物かしら。というか、私の着替えはどこに？」

マルゴットはキョロキョロと辺りを見回した。それから少し考えて、もしやこれは自分が着るために用意された寝間着なのではと気がつく。そもそも夫人の浴室に誰かが寝間着を忘れるという状況はあり得ない。

「着てしまっていいのかしら」

あまりに立派なその寝間着に、マルゴットは袖を通すことを躊躇《ためら》う。しかし自分が持ってきたシュミューズはどこにもないため、これを着ないわけにはいかなかった。

髪を整え、再び白粉を塗って、マルゴットは浴室から出た。外で先ほどの女中が待機していたので、念のため「これって着てよかったのでしょうか?」と尋ねてみる。

「もちろんです。そちらの寝間着は奥様のためにご用意されたものですから」

四十絡みの女中は明るくそう答えてくれた。屋敷の者の視線に怯えていたマルゴットは、彼女の笑顔に内心驚き、それから密かに安堵する。

(ええと……女中頭のロイス夫人だったかしら。優しそうな人でよかった)

晩餐でのマルゴットの失態を見ていたはずなのに、彼女は蔑む様子もない。それどころかロイス夫人は目を細め、「とてもお似合いです」と褒めてくれた。さすがに照れくさくなり、マルゴットは俯いてしまう。

(そんなこと初めて言われたわ。私にこんな綺麗な服が似合うはずないのに。一応はジー

クフリート様の妻だから気を遣ってくれているのかしら）

　褒められたことなど記憶にないマルゴットは、こんなときどんな気持ちになればいいのかわからない。嬉《うれ》しいような気もするけど、喜んでしまっていいのだろうか。

　するとロイス夫人は「少々よろしいでしょうか」とマルゴットの手を引いて浴室に戻り、椅子に座らせた。何ごとだろうとマルゴットがハラハラしていると、彼女は化粧台から櫛《くし》と香油を取ってきて、なんと髪を梳《す》きだしてくれた。

「今宵は特別な夜でございますから、少々おめかしをいたしましょう」

　マルゴットのパサパサした髪は丁寧に梳かされたせいか、はたまた香油のせいか、たちまち滑らかな手触りになっただけでなく輝く艶を取り戻した。ロイス夫人はさらにそれをリボンで軽くまとめてくれる。なんということもない髪型なのに、マルゴットは鏡に映った自分がまるで普通の女性のように見えた。

「綺麗……」

　まともな手入れどころか粗悪な石鹸で洗っていたマルゴットの髪は、貴族令嬢とは思えないほど傷んでいた。今日の輿入れも一応は整えてヘッドドレスを飾ってきたが、水分のない髪の毛は散らかってまとまらず、みっともない有様だった。

　たった一回の手入れでは芯まで回復したわけではないが、それでも幽霊か老婆にしか見えなかった燻《くす》んだ灰色の髪が今はプラチナ色に見える。しっとりまとまっていて毛先も散らかっていない。

まるで自分の髪ではないみたいだと、マルゴットは目を輝かせる。するとそんな彼女の様子を見て微笑んでいたロイス夫人が、今度は濡れたタオルと白粉を持ってきた。

「よろしかったらお化粧も整えさせていただいても？」

ロイス夫人としては白粉だけ厚く塗りたくった不気味な化粧を直してあげたかったのだろう。けれどマルゴットは咄嗟《とっさ》に顔を手で覆って背けてしまう。

「だ、駄目！　さわらないでください！」

親切だとはわかっているが、さすがにこの痣は見られたくなかった。いくらロイス夫人が善良な女性だとしても、こんな醜い痣を見れば不快になるだろう。優しく接してくれる彼女に幻滅されるのは怖い。

ロイス夫人は一瞬驚いた表情を浮かべたが、すぐに「出過ぎた真似をして申し訳ございません」と謝ってくれた。マルゴットは却って申し訳ない気持ちになり、「こちらこそごめんなさい」と頭を下げた。それを見てロイス夫人は微かに顔を綻ばせる。

「顔をお上げください。私は奥様にお仕えする立場なのですから、そのようなお言葉は不要ですよ。私が差し出がましい真似をしたら、どうぞ叱責してください」

「叱責なんてそんな……」

人の上に立ったことがないマルゴットはそんなことを言われても戸惑ってしまう。するとロイス夫人は「奥様はお優しいですね」と眉尻を下げて微笑んだ。


ロイス夫人のおかげで少し和やかな気持ちになったものの、そのあとに連れてこられた部屋の前でマルゴットは固まって動けなくなってしまう。

「こちらがご夫婦のご寝所でございます。それでは、よい夜を」

案内してくれたロイス夫人が去ってしまっても、マルゴットはなかなか中に入ることができなかった。

夫婦の寝室ということは、やはりジークフリートと床を共にしなくてはいけないということだ。わかっていたが、もしかしたら今夜は見逃してもらえるのではという淡い期待が捨てきれなかった。そして今、そんな期待が馬鹿げていたことを痛感する。

目の前のオークでできた扉がやけに威圧的にマルゴットの瞳に映る。いつか読んだ小説の、地獄へ続く門みたいだ。

しかしいつまでもここで立ち竦《すく》んでいるわけにもいかず、震える手でノックする。あまりにも弱いノックで聞こえないかもしれないと思ったが、すぐに「入りなさい」と返ってきてマルゴットはビクッと肩を跳ねさせた。

「失礼します……」

寝室は、やはり豪華だった。天蓋からモスリンとベルベットのカーテンが垂らされたベッドの四柱は金でできており、天蓋にもヘッドボードにも金の天使が飾られている。ベッドのサイドテーブルに載っているのは最新式のオイルランプだ。もちろん暖炉は立派な大理石だし、壁には色鮮やかなタピストリまで飾ってある。

正餐室でも浴室でもその広さと豪華さに驚いたので、マルゴットは少々慣れてきた。ただ、自分がこの豪華な屋敷の住人だという実感は全然湧かないけれども。

ジークフリートは窓辺に立っていた。マルゴットが部屋に入っていくと振り返ってこちらを見る。寝室はシャンデリアではなくランプと壁の燭台《しょくだい》で灯りをともしているので薄暗く、整った彼の顔がやけに妖しく見えた。

「そんなところにいないで、こちらへ来なさい」

寝室に入ったものの中へ進めないでいると、ジークフリートにそう言われてしまった。

マルゴットは一歩ずつ足を進めながら、心の中で以前読んだ恋愛小説を思い出す。

（だ、男女の情交は……濃厚なキスをして、愛を囁き合って、それから男の人が女の人の服を脱がせて……む、無理！　無理！）

マルゴットの恋愛に関する知識は小説から得たものしかない。けれどそこに綴られていた甘いロマンスは読む分には最高だったが、自分が経験するとなると話が違う。マルゴットは小説に出てきた可憐《かれん》な少女でもなければ、相手は一途に愛を捧《ささ》げてくれた恋人でもない。そんな彼女らとどうして同じことができようか。

(無理、私にはできない！　私にはロマンスなんて必要ないもの、恋はするものじゃなく読むものだもの！)

そう思い詰めて足を止めたときだった。

「……やれやれ」

ため息と共に呆れたような声が聞こえ、マルゴットは軽く腕を引かれてベッドの上に座らせられてしまった。

「そんな調子では夜が明けてしまうぞ。なるべく優しくするから、あなたも協力してくれ」

「あ、あのっ……！　えっと……は、はい……」

私には無理だと言おうとしたが、結局かぼそい返事しかできなかった。無理だ、嫌だと訴えたところで通用するわけがない。

(……我慢するしかないわ。女性は体を開くだけだから、目を瞑って数を数えていればそ

のうち終わるって本に書いてあった。それくらいなら私にもきっとできるはず）

恋愛小説ではなく悲劇の娼婦《しょうふ》の物語にそんな一節があった。主人公が初めて客を取る場面だった気がする。

みじめな娼婦のような気持ちになって、マルゴットは震えながらギュッと目を閉じた。

一、二、三……と数えながら、いったい幾つまで数えたら終わるのだろうと疑問に思った。

すると、てっきり服を脱がされるのかと思いきや大きな手が頬を包んだのがわかった。生まれたての小鳥でも包むかのように、優しい手つきだ。驚いて目を開きそうになった瞬間、唇に熱く柔らかいものが触れた。マルゴットの思考が一瞬停止し、それから心臓が狂ったように早鐘を打ちだす。

（……こ、これって接吻《せっぷん》……？）

この場面で唇に触れるものが彼の唇以外とは考えにくい。目を閉じているので見えないが、間違いなく口づけだろう。そう考えたら途端に唇から伝わる熱や、微かな呼吸を感じ、ますます鼓動が速くなった。

押しつけるだけだった口づけは一度離れ、再び重なった。今度はまるで木枠の凸凹が嵌《は》まるように、角度を変えて唇を深く重ねられている。しかもジークフリートは舌でマルゴットの唇を舐め、ゆっくりと口の中に侵入してこようとしているではないか。

艶めかしい舌の感触にマルゴットの全身が強張る。さらにギュッと硬く目を閉じたとき……急に彼の唇が離れた。

「呼吸を止めるんじゃない。倒れてしまうぞ」

「……え」

言われて、マルゴットは自分がずっと息を止めていたことに気づいた。目を開き慌てて呼吸をすると、煩いほど脈打っていた鼓動が少し収まる。息の止めすぎだ、彼の言う通りあやうく倒れてしまうところだった。

ようやく呼吸が落ち着いてきたマルゴットは、ハッと気づく。ジークフリートの顔がとても近くにあることに。

間近にある彼の瞳は琥珀色で、ランプの灯りが映り込み宝石のように綺麗だ。長い睫毛がそこに影を落とし、妖艶さを添えている。

（ジークフリート様は本当に美しいわ……）

思わず見惚れてしまったあと、マルゴットは大変なことに思い至った。これだけ間近で彼の顔を見ているということは、自分も見られているということだ。

慌てて離れようとしたが、頬に手が添えられたままだった。ジークフリートはマジマジとマルゴットの顔を覗き込んで言う。

「髪を洗ったら印象が変わったな。プラチナブロンドだったのか、なかなか悪くない」

「え……あ、あの……」

こんなに近くで見つめられては前髪と白粉で隠した痣がバレてしまうかもしれない。けれど彼の手を振り払って逃げるのも躊躇われて、マルゴットは何度も瞬きしながら目を泳がせる。

「瞳の色は紫か、昼間見た通りだな。……なら落ち着いた色のドレスのほうが似合いそうだ」

彼の呟《つぶや》きを聞いて、マルゴットはそういえばまだ寝間着の礼を告げていなかったことを思い出した。頬を包む手を摑《つか》んで恐る恐る顔から離すと、ペコリと頭を下げる。

「寝間着をどうもありがとうございました。こんな立派なものをいただいてしまって、すみません」

突然礼を言いだしたマルゴットにジークフリートはキョトンとする。そしてやや。してからフッと口もとを緩めた。

「どういたしまして」

初めて見た彼の笑顔は、とても優しいものだった。今日はジークフリートにとってもマルゴットにとっても散々な一日だったせいで、お互い笑みを零す余裕もなかった。しかし夫が初めて自分に笑顔を向けてくれたことで、マルゴットの体から緊張が抜ける。無意識に頬が緩んだ。

それを見たジークフリートはさらに口角を上げると唇を重ね、手を掴まれたままマルゴットの肩を掴み返しシーツの上に押し倒した。

「可愛いところがあるじゃないか」

組み敷かれた体勢になって、マルゴットの胸がさっきよりさらに激しく脈打つ。しかも今、信じられない言葉を聞いた気がする。さすがに聞き違いだろうと考えたが、胸の鼓動は収まらなかった。……ところが。

「白粉はもっと薄くていい。こんなに塗らないほうが、あなたの魅力を損ねない」

そう言って何気なくジークフリートの手がマルゴットの前髪を捲った。その瞬間、あんなに脈打っていた心臓が止まりそうになり、気がつくと「駄目っ！」と叫んで手を打ち払ってしまっていた。

「わ、私はとても醜いので……そのように顔を見ては駄目です」

手もとの枕を掴み咄嗟に顔を隠してしまったマルゴットの姿に、ジークフリートは唖然としている。初夜の寝床で妻に手を打ち払われ顔を隠された夫が、いったいこの世のどこにいるというのだろうか。

「顔を見ずに抱けと言うのか？」

皮肉交じりの彼の言葉に、マルゴットは真剣な声で「はい」と答えた。いつかは痣を見られるかもしれないが、よりによって初夜に露呈するのは最悪だと思う。どんな男性だって抱く気を失くすだろう。

しかし妻の秘密を知らないジークフリートは、呆気に取られるしかない。呆れた表情を浮かべ、けれど少し思案して、必死に顔を隠しているマルゴットに手を伸ばしかけ……結局やめた。

「……ならば今夜の共寝は中止にしよう。自室へ戻りなさい」

ギシ、とベッドの軋《きし》む音が聞こえ、マルゴットは彼が離れる気配を感じた。そっと枕を退かして覗くと、ジークフリートがベッドから下りて寝室を出ていくのが見えた。

部屋にひとりになったマルゴットは体を起こし、ホーッと息を吐く。

痣を見られなかったことに深く安堵したものの、すぐに複雑な気持ちが湧いてきた。

（怒らせてしまったかしら）

初夜が中止になればいいのにと願っていたはずなのに、こんな形で中断になると素直に喜べない。

ジークフリートは思ったよりずっと優しかった。素敵な寝間着をくれたし、微笑んでマルゴットに接してくれた。そんな彼の手を払ってしまって、申し訳なかったなと反省する。

（明日謝ろう）

自室へ戻ったマルゴットは再び本の世界へ没頭しようとしたもののどうも集中できず、生まれて初めての接吻をした唇を何度も指先で触れてばかりだった。

# 第二章　蛹が蝶へと変わるように

翌朝。それはそれは慌ただしくマルゴットの一日は始まった。

「おはようございます、奥様」

部屋へ起こしにきたのはロイス夫人だ。手早くカーテンを開け朝の光を部屋いっぱいに入れると、まだ夢から覚めきらないマルゴットの体を起こす。そして髪を梳かし、濡れタオルで顔を拭かれそうになったとき、ようやくマルゴットは目が覚めて慌てて彼女の手を摑んだ。

「お、おはようございます！　か、顔は自分で拭きますから……」

「さようでございますか。では私はお目覚めのお茶をお淹れいたしますね」

不自然に止められてもロイス夫人は訝《いぶか》しむこともなく、笑顔で紅茶の準備をしに廊下へ出ていった。マルゴットはホッと息をつく。さっきまでの寝ぼけ眼が完全に覚めた。

（白粉を塗ったままでよかったわ）

万が一のことを考え化粧を落とさず床に就いた自分を褒めてやりたい。

マルゴットは急いで顔を拭くと、再び素早く白粉を塗りたくった。鏡に映る自分の顔は、少し肌が荒れているような気がする。この屋敷に来てから入浴時以外、慣れない白粉をずっと塗っているせいだろうか。

（……いつまでこのままなのかしら）

就寝時まで顔を見られないよう神経を尖《とが》らせるのは疲れてしまう。けれど素顔を晒《さら》すのは怖い。なんとも行き詰まった悩みにマルゴットが眉を八の字にしていると、ロイス夫人がポットとカップの載ったトレイを持って部屋に戻ってきた。

目覚ましの紅茶を飲み終えると、部屋は再びせわしくなる。ロイス夫人と女中たちがマルゴットの髪を整えコルセットを締め、テキパキとドレスを着せていった。

今日のドレスは細かな花柄の入ったライトグリーンのものだ。色が淡く、明るい髪色と青白い肌を持ったマルゴットには正直似合っていない。しかもサイズが合っていないので、ロイス夫人たちは応急処置として裾や袖の長さを調整してくれて、マルゴットはいたたまれない気持ちになった。

しかし彼女たちの手腕は素晴らしく、髪をセットしドレスを整えてもらっただけでマルゴットは昨日よりずっと見栄えがよくなった。コルセットの締め方も今まで間違っていたのだろう。正しく着けてもらうと自然と背筋が伸び、マルゴットの猫背はいくらかマシになった。

「では朝食部屋へご案内いたします」

晴れ晴れとした表情でそう言うロイス夫人の顔は汗だくだ。他の女中たちも同じだった。ただでさえ貴族夫人の朝の支度は忙しいのに、臨時で針子の仕事までしたのだから当然だ。朝から随分手を焼かせてしまったと、マルゴットは申し訳なく思う。

「あの、皆さん。どうもありがとうございます」

突然礼を言われたロイス夫人と女中たちは、意味がわからず不思議そうな顔をする。

「朝からこんなに手伝ってくださって……なんだかすみません」

モゴモゴと言葉を続けたマルゴットに、ロイス夫人も女中たちも目を丸くしたあと頬を染めて目を細める。

「奥様はお優しいお方ですね。けど奥様のお支度を整えるのは私たちの務めですから、お気になさらないでください」

マルゴットは貴族の身支度というものを知らないで育った。結婚が決まってからはコルセットとドレスを身に着けるときだけベーデカー家の女中が手伝ってくれたが、あくまでマルゴットひとりでは手の届かない部分を補佐するだけだった。こんなに献身的かつ丁寧に尽くしてくれるロイス夫人たちとは天と地ほどの差がある。実際、コルセットの着け方が間違っていてもベーデカー家の女中たちは教えてもくれなかったのだから。

（優しいのはロイス夫人たちのほうなのに、私のほうが優しいと言われてしまったわ）

なんだか面映ゆい気持ちになりながら、マルゴットは彼女に案内され一階の朝食部屋へと向かった。

朝の光がよく射し込む朝食部屋は、内装や家具こそ豪華だけど晩餐室よりは随分とこぢんまりしていた。

ふたり掛けの白いテーブルにはすでにパンとチーズと果物が準備され、今日も今日とてキッチリとした恰好のジークフリートが先に席に着いている。

「お、おはようございます」

「おはよう」

挨拶をしてから椅子に座ったマルゴットは、正面に座る彼の顔が見られない。どうしても昨夜の接吻を思い出して、恥ずかしくなってしまうのだ。

マルゴットが席に着くと、給仕係がスープや焼きたての玉子を運んできた。ジークフリートが食べ始めるのを窺ってから、マルゴットも朝食に手をつける。

「今日は忙しくなる。しっかり食べなさい」

「えっ？」

不意にそう言われ顔を上げると、彼の琥珀色の瞳と目が合った。今日も美しいわ、と一瞬感心してしまったが、それどころではないとマルゴットは気を取り直す。

「何か御用があるのですか？」

今日はのんびり本が読めたらいいなと思っていたので密かに落胆する。そんなマルゴットの気持ちを知ってか知らずか、ジークフリートは淡々と告げた。

「三ヶ月後のお披露目パーティの準備だ」


朝食が済んでしばらくすると、屋敷の居間には続々と業者が集まってきた。生地屋、デザイナー、仕立屋、装飾品の販売商。理髪師に化粧品売りまで。誰もが続々と挨拶をするがマルゴットには何が何やらわからない。

「時間がない。どんどん進めてくれ」

ジークフリートがそう言うと、まずは仕立屋が別室でマルゴットの体の採寸をした。朝、苦労して着付けたドレスを数人の助手たちがあっという間に脱がし、体のサイズを測ると再びあっという間に着せていく。あまりにも手早く行われたため、マルゴットはただポカンとしているだけで終わってしまった。

居間に戻ると他の職人たちがジークフリートと共に真剣に何かを打ち合わせしている。

「瞳の色はヴァイオレットだ。ドレスの色もそれに合わせてほしい」

「ではこちらの生地はいかがでしょう。赤と青の縞柄《しまがら》で遠目には紫色に見える絹ブロケードです」

「いえいえ、それより思いきって深みのあるボルドーがよろしいですわ。袖はパゴダ型にして二重のレースを……」

「最新のブリリアンカットのダイヤモンドがございます。チョーカーと組み合わせたらさぞかし映えることかと」

「奥様は大変お綺麗なプラチナブロンドでいらっしゃる。大きく盛り上げて薔薇《ばら》など飾れるスタイルをご提案します」

「でしたらお顔も華やかに装わなければいけませんわ。当店ではつけほくろも各種取り揃えております」

「待て待て、あまり派手すぎるのはよくない。美しいだけでなく辺境伯の妻として相応しい品格も重視してほしい」

どうやら如何にしてマルゴットを美しく仕立て上げるかの相談だったようだ。自分ひとりのために立派な職人たちが何人も集まって話し合う光景は、マルゴットの目には何かの冗談に思えた。

（皆さん、お気の毒だわ。いくらお仕事とはいえ私を美しくしようなんて、泥人形を着飾らせるようなものなのに。ジークフリート様はなんて酷な命令をされるのかしら）

マルゴットは彼らに同情してしまう。もし自分が職人だったらリーゼロッテのような美しい娘のために腕を振るいたいだろう。辺境伯の命令とはいえ醜い妻を飾り立てなければいけないなんて、きっと退屈で屈辱的に違いない。

そんなことを思いながら皆の話し合いを眺めていると、理髪師と化粧品売りの女性が立ち尽くしているマルゴットを見つけ駆け寄ってきた。

「奥様、採寸がお済みになられたのですね」

「ではどうぞこちらへ」

ふたりに背を押され、マルゴットは部屋にある椅子へと座らせられる。そしてジロジロと顔を覗き込まれ、思わずパッと顔を背けた。

「もっと額を出されたほうがよろしいですね。流行は大きな額と細い眉です。少し前時代的ですがボンパドゥールスタイルの前髪にいたしましょう」

「奥様は大変色白でいらっしゃるわ。いっそ白粉がないほうが本来の肌の白さが引き立つかも。そこに東洋から仕入れたこの頬紅を少し載せて……」

マルゴットは嫌な予感がした。そう思った次の瞬間、まとめていた髪を理髪師がほどき、化粧品売りが手に持っていた布でマルゴットの顔を拭く。

「やめ……！」

慌てて逃げようとした拍子に椅子が大きな音を立てて倒れる。部屋にいた者たちが一斉に注目し、マルゴットが顔を拭かれていることに気づいたジークフリートが咄嗟に駆け寄って皆の視線を遮るように彼女の前に立った。

「すまないが少し席を外してくれ」

職人たちは唖然としていたが、やがてジークフリートの命令に従いそそくさと出ていった。マルゴットとジークフリートのふたりきりになり、部屋はシンと静まり返る。

「み、見ないでください」

マルゴットは顔を両手で覆い俯いて言った。しかしジークフリートはその手を掴むとゆっくりと引き剝がす。

マルゴットはもう抵抗しなかった。どうせいずれバレてしまうことだ。それに人払いをしたということは、彼も妻の素顔に秘密があることに薄々気づいていたに違いない。

「……！」

ジークフリートの眼前に醜い真実が晒されたのを感じて、マルゴットは息を呑む。「バ

ケモノ」と悲鳴を上げられるか、「醜い」と突き飛ばされるか、覚悟して目をギュッと閉じた。

「ごめんなさい、ごめんなさい。醜くてごめんなさい」

マルゴットにとって醜いことは最大の罪だ。なんといったって自分はこの痣のせいで生まれてからずっと冷遇されてきたのだから。きっと盗みを働いた者でも十年間も地下に隠されたりはしない。醜い自分はどんな悪人よりも罪深い存在なのだと思ってきた。……しかし。

「……そういうことか」

小さく呟かれた声は、悲鳴でも罵声でもなかった。怒りも嫌忌も含まれていない。痣のある額を、優しく撫でる指の感触がする。リーゼロッテが『汚い！　見ているだけで伝染しそう！』とまるで病原菌のように扱ってきたあの痣に。

あまりに驚いてマルゴットは目を大きく見開いた。瞳に映ったのは、どこか悲しそうな表情を浮かべたジークフリートだ。

彼は何を思っているのだろうか。こんな女を娶ってしまった己の運命を悲嘆しているのだろうか。申し訳なくなって、マルゴットには謝ることしかできない。

「ごめんなさい、今まで黙っていて。でも生まれつきのもので、どうしても消せないのです。毎日白粉を塗ります。今日のように人目に触れないよう気をつけます。病と偽って地下に閉じ込めても構いません」

必死に謝罪したものの、ジークフリートはますます眉根を寄せてしまった。これはもう裁判を起こされ実家に送り返されるのだと覚悟を決めるしかない。

すると、痣に触れていた指は手のひらに変わり、やがてマルゴットの顔全体を包むように撫でるではないか。

「怯えなくていい。ただ質問にひとつ答えなさい。あなたは……この痣のせいで家族に疎まれてきたのか？」

「は……はい」

そんなことは一目瞭然だろうに、何故尋ねるのだろうとマルゴットは不思議に思う。

ジークフリートは額の痣ごと何度も手のひらで撫でると、ヴァイオレットの瞳をまっすぐ見つめて言った。

「約束しよう、マルゴット。俺はあなたを必ず美しくしてみせる。そんな痣など問題にならないほどに、な」

マルゴットは目も口も大きく開けてポカンとした。てっきり嫌われると思っていたので、予想外すぎるジークフリートの言葉がなかなか理解できない。

（美しくって、私を？　何故そんな無茶なことを？）

言葉もなく瞬きを繰り返していると、ジークフリートはハンカチを取り出して半端に残っていたマルゴットの白粉を全て落とした。そして「やはり白粉を塗りたくった顔よりこちらのほうがいいな」と微かに目もとを和らげた。

それからマルゴットの生活は一変した。

額の痣のことはロイス夫人にだけ打ち明け、これからは彼女にマルゴットの化粧や顔の手入れなどを一任することになった。

化粧慣れしていないマルゴットと違い、ロイス夫人は痣の部分だけを上手に隠してくれた。おまけにジークフリートが化粧品売りから上質な白粉と下地のオイルを買ってくれたので、前髪で隠さなくても痣が見えないほどだ。おかげでマルゴットは、前髪を盛り上げた貴族夫人らしい髪型もできるようになったのだ。

ジークフリートにバレたあとでもなるべく人目には晒したくないマルゴットの気持ちを汲《く》み、入浴時と起床の際もそばにつけるのはロイス夫人だけにしてくれた。これでもう入浴はゆっくりできるし、就寝時に素顔のまま寝ることもできる。

とても快適で安心できる環境を与えてもらったことに、マルゴットは感謝の念が堪えない。しかもそれだけではない。翌日には大量のドレスと下着、靴、装飾品などがどっさり届いたのだ。もちろんジークフリートからマルゴットへの贈り物だ。

痣のことを知って追い出しも怒りもしなかっただけでもありがたいのに、身の回りの物まで揃えてもらうなんて。粗末に扱われることに慣れていたマルゴットは、感謝を超えてちょっと怖い。

「こ、こんなにたくさんもらえません」

見たこともない贈り物の山にマルゴットが目を白黒させながらジークフリートに言うと、彼は届いた箱の中から一枚のローブを取り出しマルゴットの体にあてながら首を捻った。

「とりあえずサイズに合ったドレスを不足ない分だけ買ったが、やはり既製品ではしっくりこないな。まあ仕方ない、仕立てるにも時間がかかる。オーダーメイドができるまではこれで我慢してくれ」

「が……我慢だなんてそんな！」

同じ既製品のドレスでも、ベーデカー家で持たされたものとジークフリートが買ってくれたものでは天と地ほどの差がある。彼が買ってくれたものは裾が短くもなければ胴回りがブカブカでもない。デザインも新しく生地も上質だ。きっと庶民どころか貴族の女性でさえ羨むほどの高級品に違いない。それを「我慢して着る」などと言ったら罰があたるだろう。

「これが嫌ならば全て捨てて別の店で買い直すが、どうする？」

問われてマルゴットは体にあてられていたローブを抱きしめると、首を横にブンブンと振った。

「そんなもったいないことしないでください！」

真剣な様相で言ったマルゴットに、ジークフリートはククッと口角を上げると「ならば今日からはそれを着なさい」とだけ告げて部屋を出ていった。

こうしてマルゴットは人並みの……いや、それ以上の服飾を所持し、外出や晩餐の時間にも着替えられるだけの余裕が持てたのだった。

さらにマルゴットの改造は続く。

「まずは姿勢。歩き方。所作。それに言葉遣いだ」

ジークフリートはそう言って、マルゴットに作法の教師をつけた。本来なら子供の頃から学ぶべき貴族令嬢の基本を、二十歳になり嫁いでから学ぶことになったのだ。

貴族として最低限の作法を学べることはありがたいとマルゴットは思う。無知で恥を掻くのはつらいし、そのせいでジークフリートを怒らせるようなことはしたくない。

しかし、もう育ちきってしまった体に一から基本を叩き込むのは簡単なことではなかった。

「いた！　いたたたた！」

「旦那様、駄目です。まずは体自体を治すことから始めませんと話になりません」

マルゴットの背筋を伸ばそうとした作法の教師は、開始早々に音《ね》を上げた。十年以上も暗い部屋で本を読むため丸めてきた背中は、筋金入りの猫背だ。背骨も筋肉も固まってしまって、簡単にはまっすぐにならない。

仕方がないので姿勢を正す前に骨や筋肉を正常に戻すことにした。帝都で有名な東洋の医師を呼び体をほぐすマッサージをしたり温かい湿布を貼ったりと、まさに肉体改造だ。医師の助言に従い、良質な肉や魚をよく食べ、体を柔らかくするという運動も毎日義務づけられた。その甲斐《かい》あってひと月が過ぎる頃には随分とマシな姿勢になり、コルセットを着けると細いウエストが強調されるような見目よいスタイルになったのだった。

肉体改造を進める一方で、所作や言葉遣いも学んでいった。本をたくさん読んでいたおかげでマルゴットの言動は常識外れではないが、やはり貴族のそれとはほど遠い。目線の運び方から手指の動かし方、笑い方、会話の言い回しにイントネーションまで、毎日実践と座学で教え込まれた。

そうして最低限の作法をなんとか身につけられたのは、嫁入りしてから一ヶ月半が過ぎた頃だった。

「……今日もクタクタだわ……」

朝から晩まで作法の訓練に明け暮れ、さすがにマルゴットはくたびれてしまった。ここ最近は入浴後は疲れきってすぐ寝てしまうため、大好きな本をちっとも読めていない。

なお、初夜以降ジークフリートとの寝室は別々だ。入浴後にロイス夫人が案内してくれるのはマルゴットの部屋だし、ジークフリートから呼び出されることもない。不思議に思ったが、どちらにしろ疲れきっている体で共寝など無理なのでマルゴットは正直ホッとした。

もしかしたらやはり痣が気持ち悪くて抱く気が起きないのかもしれないとも考えたが、悲しいとは思わない。それは当たり前の感覚だろうし、マルゴットに直接「醜い」と言わないだけでも彼は優しい。それで十分だった。

何にしろ衣食住を与え作法の教育まで施してくれるジークフリートには、感謝の気持ちしかない。

けれど、一気に慣れないことをすると体だけでなく心まで疲れてしまうのが人間というものである。作法を気にするあまり食事時や廊下を歩いているときでさえ緊張が解けないのだから、なおさらだ。――しかも。

「今日からはダンスの訓練も始める。まずはメヌエットだけでいい、難しくないから踊れるようになりなさい。それと、教師をつけるから芸術と音楽、流行の服飾や菓子についても学ぶように。それが社交界で求められる最低限の女性の教養だ。他国の言語や哲学、古典などについては急がなくていいのでおいおい教えていこう」

翌朝、朝食をとりながら告げられた言葉に、マルゴットは心の中でこっそり悲鳴を上げる。貴族夫人としての教育はまだ序盤どころか、ようやくスタートラインに立ったばかりなのだ。

それでも冷たくあたられたり、実家に追い返されたりするよりはマシだと自分に言い聞かせたが……。

「ああ、それと今日は午後から仕立屋が仮縫いしたドレスを持ってくるそうだ。理髪師も呼んであるから試着ついでに髪も何通りか結ってもらうといい」

続けて告げられた言葉に、マルゴットは泣きたくなってきたのだった。

そうして午前中のダンスと座学を終え午後になり、くたびれているマルゴットのもとに山ほどの仮縫いされたドレスが運ばれてきた。

十数人の助手を連れた三人の仕立屋が、代わる代わるマルゴットにドレスを着せてはあれこれと調整していく。デザイナーも同行していて、袖のレースやストマッカーのリボンを取り替えてはああでもないこうでもないと仕立屋と話し合っている。その間に髪を勝手にセットされ、体どころか頭皮までくたびれてきた。とどめに宝石商がお勧めのネックレスとイヤリングを三十種類も並べてどれがいいか尋ねてきたが、マルゴットはもう逃げ出さない努力をするだけで精一杯で、宝石の何がいいのかなど考える気力は残っていなかった。

「私にはよくわかりません。あなたがよいと思ったもので結構です」

力なく愛想笑いをして答えると、宝石商は困ったように眉尻を下げた。そして「では旦那様に選んでいただきますね」とジークフリートに聞きにいったのだった。

怒涛の試着やら髪結いやらが終わって職人たちが帰っていったのは、夕方だった。静かになった居間で、マルゴットは項垂れてソファーに座る。

(本が読みたいわ……)

疲弊したマルゴットは心底そう思った。静かな部屋で物語に没頭する時間が欲しい。自分の心が健康でいられる、ただひとつの時間が恋しい。

(お姫様の恋愛小説、南海の冒険譚《ぼうけんたん》、伝説の神話……。季節ごとの詩集でもいい。なんでもいい、本が読みたい)

今すぐ部屋に戻って読書に耽りたいが、このあとはお披露目の祝宴に出席する貴族らのことをジークフリートが解説してくれる予定だ。それから着替えて晩餐、入浴。就寝前の僅かな時間でさえ座学の復習にあてなくては、お披露目までに間に合わないだろう。

「お疲れでございますね」

声をかけられて顔を上げると、温かいココアを運んできたロイス夫人だった。マルゴットの前に置かれたそれは、アプリコットのリキュールの香りがする。口にすると優しい甘さに刹那心が癒やされた。

「毎日ご多忙ですものね。けれど最近のマルゴット様は見違えるように気品が満ちて参りましたわ。努力の賜物でございますね」

ロイス夫人はそう褒めてくれたけれど、マルゴットは素直に喜べない。

「あの……お聞きしたいのだけど、どうして貴族の女性というのは美しくなくてはいけないのかしら？」

「え？」

あまりにも意外な質問だったのだろう、ロイス夫人は何度も瞬きを繰り返している。けれどマルゴットにとっては純粋に疑問だった。

ベーデカー家にいた頃からそうだ、リーゼロッテは確かに美しいがそこまで執着する意味がわからない。大金をかけ時間をかけ手間暇をかけたところで、ドレスを脱ぎ髪をほどいてしまえば誰も大差はないように思える。ましてやそれを競い合い、いがみ合うなど馬鹿らしい。自分だったらそのお金と時間で本を読むのにとマルゴットは思うのだ。

「美しさというのは女性の、ひいては人類の普遍的な憧れですから。美しさの基準は変われど、美に憧れ追い求める心は太古から変わりません」

思っていたより壮大な答えが返ってきて、マルゴットは眉根を寄せる。人類の憧れというのなら、あまり価値を見出せない自分は異端なのだろうか。

（生まれてからずっと美しさとは無縁だったから、私は感覚がおかしくなってしまったのかしら）

「美しさは人の世を生き抜くための武器だ。その昔には美貌を武器に女王の座まで昇り詰めた者もいる」

突然後ろから声をかけられ、マルゴットはソファーの上で飛び上がりそうになるほど驚いてしまった。振り返ると、そこにいたのはジークフリートだった。どうやら背後の扉から入ってきたらしいが全く気づかなかった。いったいいつから話を聞いていたのだろう。

「ジ、ジークフリート様……」

マルゴットは気まずさに肩を竦める。せっかく彼がマルゴットの身なりや振る舞いを美しくしようと尽力してくれているのに、愚痴めいたことを聞かれてしまった。さすがに申し訳ないと思った。

しかし彼は特に気にする様子もなく、マルゴットの向かい側のソファーに座るとロイス夫人にコーヒーを用意するよう頼んだ。

「美しさや気品を保つのは貴族や富豪の特権でもあるが、ロイス夫人の言う通り純粋な憧れでもあるな。女性のそれとは違うが俺とて美しいものは好ましい。職人が丹精を込めて作った織物、技術を駆使してカットされた宝石。皺のない服や埃《ほこり》のない部屋といった整然とした美も好きだ」

ジークフリートは真剣に自論を展開した。美しさに否定的なことを怒られるかと思っていたマルゴットは意外な彼の態度に驚きつつホッとした。そして今日も髪のひと筋すら乱れていない彼の姿に、自論と行動がブレていないなと感じた。

「それはそれとして」

ロイス夫人の運んできたコーヒーを飲みながら、ジークフリートは正面のマルゴットを窺いながら言う。

「あなたはドレスや宝石にあまり興味がないようだな。……今まではそれらに興ずる環境ではなかったのだろうが、今日のように目の前に彩とりどり並べられても関心が湧かないのか」

どうやらドレス選びに消極的だったことを見抜かれていたようだ。再び申し訳なくなり、マルゴットは肩を竦めながら頷《うなず》く。

ジークフリートは「ふむ」と小さく呟くと、顎に手をあて少し悩ましそうに聞いた。

「食事の好き嫌いもないと料理長が言っていたな。庭の散策や花壇にも興味がないようだし……マルゴット。あなたには興味や関心のあるものはないのか？」

その質問に、マルゴットは反射的に答えた。

「本が好きです！　本さえあれば他に何もいりません！」

いつもオドオドしている妻が初めて見る勢いで意気揚々と答えたことに、ジークフリートは少々たじろいだ。しかしそんな彼の様子など気にせず、マルゴットは鳥が歌うように滔々《とうとう》と語りだす。

「本の中でも一番好きなのは小説です。十六世紀から現代くらいまでの恋愛小説が好きですね。シュザンヌ夫人の『恋をした薔薇』シリーズはご存じ？　帝都でも新刊は手に入りにくいくらいの人気作なんですけど、仮綴本ならすぐ手に入ったんです。もう本当に面白くて面白くて、最新刊でヒロインが旦那様と結ばれたシーンは三十回は読み返しました。それからカゾットの騎士道物語。こちらは男性にも人気だそうだからジークフリート様もご存じですよね？　お読みになられました？　どの章がお好きですか？　私は五章の聖戦のクライマックスが大好きなんです。熱いですよね、命を懸けた者たちの友情。そうそう友情といえばシュレーゲルの詩集をご覧になったことは？　春の詩で花に例えていた『あの人』がじつは友人ではなく想い人だったと私は考察しているのですが、ジークフリート様はどう思われます？　え？　読んでいない？　ならばすぐに読んでください。私、嫁入りのときに持ってきましたので部屋にありますから。ちょっと取ってきますね」

ひとりで喋《しゃべ》り続けてジークフリートもそばにいたロイス夫人をも圧倒したマルゴットは、自室に詩集を取りにいこうとして立ち上がる。そして「ああ……、いや、それはあとで見せてもらうから今は座りなさい」と止められて、ようやく自分が暴走していたことに気づいた。

「ご、ごめんなさい。ちょっと喋りすぎましたね……」

マルゴットはずっとひとりで本を読んできた。たくさんの感銘を受けたのに誰かとそれを語り合うこともなかったのだ。初めて自分の感想や見解を聞いてもらえることが嬉しくて、ずっと心に溜《た》めていた言葉が溢れ出すぎてしまった。とめどなく喋ってしまったことを恥ずかしく思う反面、好きなことを語るのはなんて楽しいのだろうと密かに感激する。

ソファーに座り直したマルゴットは顔を赤くして両手で口もとを押さえる。そしてまだ冷めやらぬ興奮と反省をないまぜにした気持ちのまま、照れ笑いを浮かべた。

するとそれを見たジークフリートが「ふ……ははっ、ははは」と笑いだすではないか。今度はマルゴットのほうが驚いて目をしばたたかせる。

ジークフリートは咳《せき》ばらいをひとつすると「失礼」と姿勢を正したが、表情は楽しそうなままだった。

「あなたの晴れ晴れとした顔を初めて見た。そうか、本が好きなのか。……では今度、あなたが勧める詩集とやらを是非読ませていただこう。どのようなところが素晴らしいか、また語っておくれ」

「……！　はい！」

マルゴット嬉しさのあまり目を輝かせて大きく頷いた。まさか呆れられるどころか、本を一緒に楽しんでくれるなんて。こんな喜びがあったのかと心が震える。

「ジークフリート様は素晴らしいお方ですね！」

思わず心のままに彼を称賛すれば、再び「ククッ」と笑われてしまった。

「名士だと褒められることは今まで散々あったが、本の教示を願って褒められたのは初めてだ。あなたは変わっているな」

変わり者だと言われてしまったが嫌な気持ちは全くせず、それどころかマルゴットは屈託のない彼の笑顔に初めての親しみを感じていたのだった。

それからマルゴットの生活はさらに変わった。

「おはよう、マルゴット」

「おはようございます、ジークフリート様。今日はいい天気ですね」

朝の光が差し込む、いつもの朝食部屋。ブルーのドレスを着たマルゴットはニコニコと明るい笑顔で席に着く。それにつられるように、ジークフリートも口もとに浅く弧を描いた。

「昨夜はなんの本を読んだんだ？」

アスパラガスのソースがけを口に運びながらジークフリートが尋ねれば、マルゴットはライ麦のパンにバターを塗りながら活き活きと答えた。

「先日買っていただいたハーマンの革命論を早速読みました。西国の学者ジョゼフと相対する理論でとても興味深かったです。今夜は哲学者フックの著書を読んでさらに理解を深めてみようと思います」

「そうか、楽しかったのなら何より。ただし……」

「はい！　就寝は二十四時、睡眠時間は削らない……ですよね。ちゃんと守ります！」

「ああ、約束だ」

毎朝のこの会話の時間が、マルゴットは楽しみでたまらない。それだけで最高に上機嫌になり、どんなにダンスや教養のレッスンが大変でも一日中笑顔でいられるのだ。

ジークフリートはマルゴットが無類の読書好きだと知ってからそれまでより二時間早く自室に上がらせるようになり、読書に耽る時間を確保してくれた。そして翌朝にはこうやってどんな本を読んだのかなど感想を聞いてくれるのだ。

ベーデカー家では誰ひとりとしてマルゴットの話に耳を傾けてくれる者などいなかった。それが当たり前だとさえ思っていた彼女にとって、本の話を聞いてくれるジークフリートは奇跡のような存在だ。社会というものを知らず本しか心の寄る辺がなかったマルゴットにとっては、それだけで信頼に値する。生まれたての雛《ひな》が初めて見た者を親と思い慕う現象に近いかもしれない。

さらに彼はマルゴットがレッスンに疲れた様子を見せると、なんと書籍商を呼んで新しい本を買い与えてくれた。しかもベーデカー家で与えられていた装丁のない仮綴本ではない、立派な皮表紙のある本だ。傷みにくいし手触りもいいし、何より美しい表紙は本への没入感を高めてくれる。マルゴットがこれに喜ばないわけがない。

もはやジークフリートはマルゴットにとって最上級の尊敬に値する人物だ。彼からしてみたらドレスや装飾品より遥《はる》かに安い本を買い与えただけでここまで懐かれるとは思っていなかったのだが、おかげでマルゴットのやる気はメキメキと上がった。ジークフリートが出した課題は全てこなし、いよいよお披露目が来週に迫った今では、マルゴットは三ヶ月前とは見違えるほどの美しさと品格を兼ね備えたのだった。

「今日は歌劇を観にいく予定だが、少し早めに屋敷を出よう。あなたに街の雰囲気を見せたい」

朝食を終えたジークフリートは、口もとをナプキンで拭きながらそう告げた。

歌劇を観たり演奏を聴きにいったりするのもまた教養の勉強だ。そしてジークフリートの治める街や村を視察し理解を広げるのも、領主の妻の務めである。

「はい。どうぞよろしくお願いいたします」

マルゴットは歌劇も街を見るのも初めてだ。ジークフリートが外へ連れ出すということは、マルゴットを領民の目に触れさせても構わないと判断したということに等しい。つまりこの三ヶ月の学びの修了みたいなものである。

しかし人の持つ深い意図に疎いマルゴットはそんなことは露知らず、ただ初めての外出に楽しみと緊張で無邪気に胸を逸らせるのであった。

ライムバッハ家が所有する都市のうち、最も文化と芸術が盛んな街ネイドリーバーグ。

五十年前に大型の歌劇場が建設されてから街は芸術に活気づき、メインストリートには音楽館や小劇場が建ち並ぶ。近くには芸術アカデミーもあるため若者も非常に多く、まさに夢と希望が溢れる街である。

「すごい……。本で読んだ通りです。着飾った若者が大勢いて、お店がいっぱいで……」

賑《にぎ》やかなメインストリートを歩きながら、マルゴットは頭がクラクラしてくる。初めて見る街の光景は、本の中の世界に飛び込んでしまったみたいに賑やかだ。

ベーデカー家では言わずもがな地下暮らしだったし、嫁入りしてからもほとんど屋敷から出なかったマルゴットにとって、せわしなく人が行き交う光景に目と頭が追いつかない。足がよろけそうで、無意識に隣のジークフリートの腕にしがみついていた。

「ゆっくり歩こう。人とぶつからないよう気をつけて」

ジークフリートはしがみついてくるマルゴットを振りほどくこともなく歩きだす。それどころかマルゴットが歩行者とぶつかりそうになると、さりげなく躱《かわ》してくれた。

「あれは花を売っているのですか？　あちらにもこちらにも……随分多いのですね」

「観客は劇場の歌手や役者に称賛を籠めて花を贈るんだ。だから花屋はいくらあっても足りないくらいだ。他に宝石店や高級な菓子屋が多いのも同じ理由だな。中には女優に高級な靴下を贈るという流行もあるそうだ」

「あの看板は酒場ですか？　随分と賑やかみたい」

「アカデミーに通う学生の御用達なのだろう。学生は論じ合うのが好きだからな。加熱するのは構わないが喧嘩《けんか》に発展しないといいのだが」

見るもの全てが新鮮でマルゴットの目は輝きっぱなしだ。本で読んで想像してきた街の風景が、今、目の前にある感動は筆舌に尽くし難い。まるで自分が物語の登場人物のひとりになった錯覚がする。

そのとき、足もとから突然キャンキャン！　と甲高い声が聞こえ、マルゴットは驚いて「きゃっ！」と飛び跳ねてしまう。見るとそれは小さな茶色い犬だった。

「あら、ごめんなさい」

よく見ると犬には紐《ひも》がついており、その端を着飾った婦人が持っていた。どうやらペットのようだ。

初めて犬を間近で見て、初めて吠《ほ》えられたマルゴットはポカンとした。まだ心臓がバクバクしている。

婦人が去っていってもいつまでも犬の後ろ姿に釘《くぎ》づけになっているマルゴットに、ジークフリートはついに笑いを堪えきれなくなった。

「ふふっ、犬に吠えられたのがそんなに衝撃だったのか」

「はい。犬ってあんなに高くて大きな声で鳴くんですね、体は小さくて毛玉みたいなのに」

「欲しくなったか？　飼いたいのなら愛玩犬を贈ろう」

「け、結構です！　あんなに小さな生き物が屋敷にいたらうっかり踏んでしまいそうだし、それに急に鳴かれたら心臓に悪いです」

胸を押さえながら必死に首を振るマルゴットを見て、ジークフリートはますますおかしそうに肩を震わせる。マルゴットはからかわれているような気持ちになって、頬を膨らませた。

「そんなに笑わないでください。私は真剣なのですよ」

「失礼。いちいち純粋な反応をするあなたが楽しくてね」

あまり反省している様子のない彼にマルゴットがますます頬を膨らませると、大きな手で宥《なだ》めるように頭を撫でられた。

「悪かった、怒らないでくれ。お詫《わ》びに帰りに書店へ連れていってあげよう」

「本当ですか！　嬉しい！」

本と聞けばマルゴットの不機嫌などあっという間に吹き飛んでしまう。たちまちご機嫌になった彼女を見て、ジークフリートはさっきとは雰囲気の違う笑みを浮かべた。

「全く、よくそんなにコロコロと表情が変わるものだ。見ていて飽きないな」

独り言ちたジークフリートの声は、賑やかな雑踏の音に紛れて聞こえない。

「何か仰いましたか？」

「いいや、別に」

書店に行く約束のおかげでマルゴットは弾むような足取りで歩いたが、ジークフリートの腕に摑まった手は離さないままだった。


六月。マルゴットが嫁入りして三ヶ月、ついにお披露目パーティの日がやって来た。

招かれた客は上位貴族、政府高官、領地の各市長、商人組合の代表等々。ベーデカー家からは代理人として老いた遣いの者しか来なかったのは、父がジークフリートと直接顔を合わせる勇気がなかったからだろう。

その日は朝から屋敷中が慌ただしかった。いつも以上に丹念に掃除された屋敷にはあちこちに季節の花が飾られ、広間には使用人たちがせっせとテーブルを運び真っ白なクロスをかける。厨房《ちゅうぼう》では絶えず料理人が動き回り、肉の焼ける香ばしい匂いからケーキの焼ける甘い匂いまで漂っていた。

そして本日の主役マルゴットはいつもより早起きし、湯浴みから始まり肌を整え髪を整え長い時間をかけ丁寧に装われていった。

「できました、マルゴット様。お美しゅうございますよ」

最後の仕上げをした理髪師にそう言われ、マルゴットはロイス夫人に手を引かれて大きな姿見の前まで行く。そして鏡に映った自分の姿を見て目を見張った。

「これが私……？」

ライムバッハ家が威信をかけて三ヶ月間じっくり育てた花嫁は、辺境伯の妻の座に相応しい気品のある美女だった。

日々の念入りな手入れですっかり健康的な艶を取り戻したプラチナブロンドは巻いてボリュームを出し、前髪を上げる上品でシンプルなスタイルだ。髪を高く盛り上げるのが一部の令嬢の間で流行っているが、奇妙に見えてジークフリートは好かない。それにマルゴットほどの美しい髪であれば、変に飾り立てずとも宝石に匹敵するほどの美しさがあると理髪師が判断したのだ。ヘッドドレスもプラチナブロンドを引き立てるような青紫色の模造薔薇を選んでいる。

ドレスは瞳の色に合わせた淡いヴァイオレットだ。広がった袖には銀糸刺繍《ししゅう》の入ったレースが重なり華やかさの中にも気品が窺える。ドレスの中でも目につきやすく贅《ぜい》を凝らす傾向にあるストマッカーは、精緻なフリルとフリンジを重ね細かな宝石を散りばめた。

ローブは絹ブロケードで、紫色の縦縞と小さな花柄が高度な技術で織り込まれている。ローブの縁と共布でできたペティコートには大胆に大ぶりのフリルとリボンをあしらい、立体的な装飾で目を引くだけでなく上品さの中に若々しい可愛らしさも感じさせた。

マルゴットの代わりにジークフリートが選んでくれた装飾品は、細かなダイヤを百以上連ねたネックレスと揃いのイヤリングだ。ブルートパーズを用いて薔薇と蔦《つた》を模したデザインをしており、ドレスともヘッドドレスとも調和が取れている。

センス、品格、そして着る者を引き立たせる美しさ。ここまで完璧な装いはクータニア帝国の全貴族の中でも……いや、皇族も交えたとて、そうそう見ない。

そして何より、マルゴット自身の美しさが服飾に全く見劣りしていなかった。

国内だけでなく他国からも情報を集めジークフリートが入手した化粧品は元来の白粉ではなく、肌色のクリーム状のものだった。それを薄く肌に伸ばすだけで、痣は驚くほど綺麗に隠れてしまう。

女性の肌は白ければ白いほどいいとされている昨今の風潮に於《お》いて、青白いほどに白いマルゴットの肌は何よりの武器だった。白粉を塗る必要もない。

そして流行に合わせ眉を細くし、頬紅を少し載せ、唇にも艶やかな紅色を塗ると、マルゴットはたちまち露を宿した薔薇のような瑞々《みずみず》しい美貌を開花させた。

本来の大きく愛らしい目も、人を虜にするような菫色《すみれいろ》の瞳も、小さく可愛らしいがぽってりとして色気のある唇も。マルゴットが本来持つ魅力が全て解き放たれ、引き立てられて完成した美しさだった。

もちろん外見に見合うだけの姿勢のよさや仕草あってのことだ。背筋を丸めぎこちなく歩いていたマルゴットはもういない。鏡の中にいるのは指先まで美しい立派な貴婦人だ。

「嘘《うそ》みたい……」

マルゴットは鏡を見つめながら感嘆のため息を吐く。

この三ヶ月、決して楽ではないレッスンや目まぐるしいドレスの試着などに何度も逃げたくなったが、今はその全てに心から感謝している。そして二十年間浴びせられ続けた『醜い』という言葉がどれほど残酷だったのかと気づき、少しだけ涙が滲みそうになった。

「支度は済んだか?」

そのとき、様子を窺いにきたジークフリートが部屋に入ってきて、マルゴットはハッとして振り返った。

ジークフリートは華麗に艶やかに変身したマルゴットを上から下までじっくり見つめ、最後に満足そうに口角を上げる。

「美しい」

そのひと言にマルゴットは痺《しび》れるような感動を覚え、震える声で尋ねた。

「私は……醜くありませんか？」

「美しい。努力することをあきらめなかったあなたの賜物だ。胸を張りなさい」

そう答えてジークフリートは指の背でそっとマルゴットの頬を撫でてくれる。

涙が出そうになったがマルゴットはグッと堪えると、代わりに満面の笑みを見せた。

「私が頑張れたのはジークフリート様のおかげです。どうもありがとうございます。私、ジークフリート様に娶っていただけて幸せです」

美しさは武器だといつか彼が言っていた意味が、マルゴットはわかった気がした。背筋が伸びて胸を張れるのはコルセットのせいだけではない。貴族として相応しい美貌と品格が自信となって心の強さになる。

（……リーゼロッテが美貌に執着して私を見下していた理由が、少しわかった気がするわ）

強さが傲慢にならないよう気をつけようと、マルゴットは己を戒める。見た目だけ美しくなっても心が醜くなってしまっては意味がない。

「さあ、支度が済んだのなら正餐室へ行こう。お客様がお待ちだ」

ジークフリートの差し出した手を、マルゴットはそっと取る。そして堂々とした彼に相応しい妻として、凛とその隣を歩いた。

「いやいや驚いた。ベーデカー伯爵家に長女がいたことも初耳だったが、なんとまあ美しいことか。肌もプラチナブロンドも輝かんばかりの白さで、おまけに淑やかときた。まるで白百合のような夫人だったな」

「ベーデカー伯爵は長女が可愛いあまり社交界に出さなかったに違いない。そんな深窓の令嬢を見つけ出し娶るとは、さすがはライムバッハ辺境伯。慧眼《けいがん》をお持ちだ」

「そういえば妹のリーゼロッテ嬢も結婚が決まったそうだぞ。相手はタイバー公爵だとか」

「美しい娘をふたりも持って良縁にも相次いで恵まれ、ベーデカー伯爵が羨ましいよ。……しかしここだけの話、わたしはマルゴット嬢のほうが好みだな。妹のほうは少々品性に欠ける」

招待客たちがそんな会話を交わしながら帰っていくのを、マルゴットとジークフリートは玄関ホールから見送った。

やがて最後の客人が帰ると、賑やかだった屋敷はたちまち静かになる。マルゴットはホーッと息を吐き、眉尻を下げてジークフリートに笑いかけた。

「無事終わった……と思ってよいのでしょうか」

「ああ、ご苦労だったな。誰も彼も皆、あなたを素晴らしい妻だと褒めていた。ライムバッハ辺境伯夫人としてのデビューは上々だ」

ジークフリートにお墨付きの言葉をもらい、マルゴットは屈託なく顔を綻ばせる。

「よかった。これでやっと今夜から安心して眠れそうです」

この屋敷に来たばかりのときはみすぼらしい自分を放っておいてほしいと願っていたのに、今では彼の妻として堂々と人前に出られたことを誇りに思う。そのぶん今日までのプレッシャーも相当なものだったが、解放された喜びもひとしおだ。

昨夜は緊張であまり眠れなかったので、今夜は早めに床に就こうとマルゴットは思う。

……ところが。

「マルゴット」

呼びかけたジークフリートの声がいつもより柔らかい。彼は琥珀色の瞳でジッと見つめてくると、指先で優しく頬を撫でてきた。

「今夜は夫婦の寝室に来なさい」

「えっ……」

その言葉が持つ意味に動揺して、マルゴットはすぐに返事ができなかった。琥珀色の視線に射られ、顔がどんどん熱くなっていく。

するとジークフリートは赤く染まったマルゴットの耳に顔を寄せ、囁くように告げた。

「俺たちは夫婦なのだから、ベッドを共にするのは当然だろう？」

吐息のような声にマルゴットの鼓動が加速する。うるさいほどの心音が体に響いて、マルゴットはうまく考えられないまま「……はい」と震える声で答えた。

天井近くにある玄関の窓からは、空の半分も昇っていない三日月が見える。夜はまだ、始まったばかり。


（あぁ、どうしよう。どうしよう）

入浴を終えたマルゴットは寝室へ向かう前に自室へ戻り、オロオロと部屋の中を行ったり来たりしていた。

いつかは子を孕《はら》まなくてはならないだろうと頭の片隅では思っていたが、初夜以来そのことに全く触れずにきたので油断していた。一度は覚悟したこととはいえ、やはりいざとなると狼狽《うろた》えてしまう。しかも。

（なんだか初夜のときよりうんと緊張するわ。だってあのときは会ったばかりで赤の他人みたいだったんだもの。けど今はジークフリート様のことをよく知ってしまったせいで、却って恥ずかしい……）

考えれば考えるほど頭が熱くなってくる。マルゴットは部屋にかかっている鏡に自分を映すと、その顔をジッと見つめた。

「……私がジークフリート様に抱かれるなんて、なんだか変なの……」

見目は悪くなくなったとはいえ、マルゴットはやはりマルゴットだ。家族以外の人とまともに交流するようになってから、まだたったの三ヶ月しか経っていない。恋も友情も冒険も全ては本の中の出来事で、自分はそれを読むだけの立場だった。なのに優しくて美丈夫な夫に抱かれるなど、今はまるで恋愛小説に出てくる主人公のようではないか。

「こんなの、変だわ……。恋愛は読むもので、するものではないのに」

妻として夫婦の営みを受け入れる気持ちはある。ジークフリートのことも信頼していく、もちろん嫌いではない。――けれど、マルゴットは自分が恋するヒロインになることに違和感が拭えないのだ。

過酷な環境で育ったマルゴットの、心を守る術だったのかもしれない。恋や幸せなど人が当たり前に持つ喜びを本の中の出来事と捉えることで、それを持たない自分が惨めではないと思い込むための。

長い年月をかけて心に築き上げてきた壁は高い。ずっと傍観者であったマルゴットは、人生という名の物語の渦中に飛び込むことが怖かった。

（これは夫婦の義務よ。私は恋愛小説の主人公じゃない。私はジークフリート様によくしてもらった恩返しに跡継ぎを産むの。……それだけよ）

マルゴットはブルブルと頭を横に振る。そして気持ちを引き締めるように、頬を両手でペチペチと叩いた。

恋はするものではなく、読むもの。そう心で繰り返して、マルゴットは自室を出ると夫婦の寝室へと向かった。

初夜以来となる夫婦の寝室は、相変わらず広く豪華だった。ただし初夜のときより点いている灯りの数が多く、部屋はやや明るい。

ジークフリートは寝巻用のシャツと脚衣の上にガウンを羽織っていた。髪は綺麗に梳いてあるが整髪用の油はついておらず、寛いだ印象だ。

ベッドに腰掛けていた彼はマルゴットが部屋に入ってきたのを見て立ち上がる。そして目の前までやって来ると、何度も髪と頬を大きな手で撫でてくれた。

「今日は本当によく頑張ったな」

再び褒められて嬉しく思うものの、マルゴットは緊張でうまく微笑めない。

「明日はゆっくり休むといい。昼食は部屋に運ばせるから、晩餐の時間まで本でも読んで過ごしなさい」

「本当ですか⁉」

長時間の読書を許されて、あれほど強張っていた顔がパッと綻ぶ。それを見たジークフリートは「全く、あなたは」と眉尻を下げて笑うと、そのまま腰を屈めてキスをした。

「……少し妬けるな。あなたの笑顔を引き出すのはいつだって本だ。俺の口づけにもそれぐらい喜んでくれると嬉しいのだが」

不意打ちのキスをされたうえ『妬ける』などと言われて、マルゴットは唖然とする。頭が追いつかない。

（なんだか、こんなのって……まるで……）

脳裏によぎるのは、大好きな恋愛小説『恋をした薔薇』の一節だ。ヒロインが薔薇の鑑賞に夢中になっていると、やきもちを焼いた夫が『薔薇ではなく僕を見て』と悪戯で彼女にキスをするシーンがある。

何度も読み返したその光景がジークフリートと自分と重なって、マルゴットの胸はこの上なく鼓動を逸らせた。

（ち、違う。違うわ！　ジークフリート様がやきもちなんて焼くはずないじゃない。だって彼はとても優しいけど、私に恋をしているわけじゃないもの。政略結婚で、予定外の相手で、痣まである妻に恋なんてするわけがないわ。私だってそう、ジークフリート様のことは尊敬してるけど恋なんて……）

マルゴットは必死に自分が恋愛の渦中にいることを否定する。しかしジークフリートは彼女を腕に抱きしめると、顔を額に摺《す》り寄せながら、なんと痣にキスをした。

「っ⁉」

驚愕《きょうがく》したマルゴットは目を大きく見開いて、彼の腕の中から抜け出そうとする。

「だ、駄目です……そんな醜い場所に口づけなさっては……！」

しかし抜け出そうともがけばもがくほど、抱きしめる腕には力が籠められていく。

「醜くない。言っただろう、美しいと」

「それは……お化粧をして身支度を整えたからで……」

「違う。俺はあなたの全てが美しいと言ったんだ」

鼓動が高鳴りすぎて、マルゴットの腕からヘナヘナと力が抜けていく。抵抗をやめた体をジークフリートは引き寄せるように抱きしめ、額にも鼻にも唇にも雨のようにキスを落とした。

「美しい。綺麗だ、マルゴット」

「う、うぅ……」

初めて知る羞恥で、マルゴットは目が回りそうだ。今まで一度も与えてもらえなかった褒め言葉を、今日だけで数えきれないほどもらってしまった。もう受けとめる心の器が限界な気がする。

「そ、そんなに言わないでください……。心臓がおかしくなってしまいそう」

「いや、言う。マルゴット、恥ずかしがっているあなたはとても可愛い」

（きゃぁあああっ！）

今度は『可愛い』と言われてしまい、マルゴットは心の中で悲鳴を上げた。そんな称賛は小説の中か、父母がリーゼロッテを褒めるときにしか聞いたことがない。

「もう無理です……お許しを……」

マルゴットはついに顔を真っ赤にして涙目になってしまった。免疫のない称賛をこんなに一気に浴びたら、心臓が止まってしまいかねない。

そんなうぶすぎる反応をする妻から、ジークフリートは目を離さない。彼の頬も仄《ほの》かに赤く、けれど表情は真剣そのものだった。

ジークフリートはいきなりマルゴットを腕に抱き上げると、そのままベッドへと運んだ。

そして驚いて言葉を失くしている彼女を組み敷き、唇に深く口づける。

「ん……、ん……っ」

ジークフリートの舌が歯列を割り、口腔に入り込んでくる。舌を絡められ、頬の内側を舐められ、マルゴットは涙の滲む目をギュッと閉じたまま必死に受け入れた。うまく呼吸ができなくて、気がつくと彼の背中のガウンを強く握っていた。

「は、ぁ……っ！　く、苦しい……」

ようやく唇を解放されて、マルゴットはハァハァと息を荒らげた。彼の舌を上手に受けとめられなかったせいか、唇とその周りが唾液で濡れてしまっている。

ジークフリートは親指でマルゴットの口の周りを拭くと、愉快そうに目を細めた。

「口づけが下手だな」

まさかそんな評価をされるとは思わず目をまん丸くすると、彼は啄《ついば》むように軽いキスをしてから「だがそんなところも可愛い」とマルゴットを見つめた。

もはやマルゴットは何をどう考えていいかわからない。彼の言葉の意図など、火照った頭では想像もつかなかった。

(何？　何が起きているの？)

混乱しているうちに、寝間着のリボンをほどかれ胸もとを開かれてしまった。露になった鎖骨に口づけられ、マルゴットは驚きで「ひっ」と色気のない声を上げてしまう。

ジークフリートの手が胸の膨らみを確かめるように優しく包み、ガチガチに緊張している体から寝間着を脱がせていく。マルゴットはもはや抵抗する余裕すらなく、されるがままだ。ついに一糸纏《まと》わぬ姿にされると、まるでライオンに食べられる覚悟を決めたかのように手で顔を覆って動かなくなってしまった。

ジークフリートはそんな妻を見て一度体を起こすと、着ていたものを脱ぎベッド脇のテーブルに置いてから、横たわるマルゴットをギュッと抱きしめた。

（……温かい……。気持ちいい……）

初めて知る素肌のぬくもりに、マルゴットの緊張が僅かに解ける。

力の緩んだ手を退かされ、彼の琥珀色の瞳とマルゴットの紫色の瞳が間近で見つめ合った。

「ようやく顔が見れた」

ジークフリートは口に浅く弧を描くと、まるで愛おしそうに全身でマルゴットの体を包み込む。

「肌を触れ合わせるのは気持ちいいだろう？」

その問いにマルゴットは素直に頷いた。

「はい……。人の肌がこんなに温かいなんて初めて知りました」

赤ん坊のうちに母を亡くしてしまったマルゴットは、誰かに抱きしめられた記憶がない。抱擁の安らぎを知らなかったので、恋愛小説で恋人同士が抱き合う描写に憧れを抱いても共感することはなかった。けれど今ならば彼らの気持ちがとてもわかる。

ジークフリートはマルゴットに心地よさを教えるようにジッと抱きしめ続け、やがて髪や頬や肩、背中を撫でていった。

「温かくて滑らかで綺麗な肌だ。それに柔らかい」

（ジークフリート様の体も温かいけど、張りがあって硬いわ。……きっとこれが男女の差なのね）

そんなことをしみじみ感じながら、マルゴットはそっと彼の背に手を回す。背中の広さも体の厚みも硬さも、自分とは何もかも違って新鮮だった。

「綺麗だ。細い腕も華奢な腰も」

口づけながらジークフリートは優しく体を撫で続ける。その手は心地よく、おかげで胸を撫でられたときにも先ほどのように驚きで強張ってしまうことはなかった。

「ここも綺麗だ」

豊かな膨らみを捏《こ》ね、淡い紅色の先端にジークフリートは口づける。マルゴットは小さく体を跳ねさせた。

「ん……」

乳頭を舌で舐められ吸われるうちに、体の奥のほうに得体の知れない疼《うず》きを感じてくる。

（なんか変な感じだわ……。これが情交の悦びとか快感というものなの？）

そう意識すると体がカッと熱くなった。マルゴットの読んだ恋愛小説には赤裸々な官能表現はなかった。けれどそれでも体を重ね互いを求め合う描写はうぶなマルゴットにとって刺激的で、読んだだけで体の奥が熱くなったのを覚えている。

自分が今まさに彼女たちと同じ『愉悦』を感じているのだと思うと、背中がゾクゾクとして下肢の間が疼いてくる。マルゴットは無意識に腿《もも》をモジモジと擦り合わせた。

（は、恥ずかしい！　愉悦だなんて違うわ、私はただ子を儲《もう》けるための義務を……）

マルゴットが羞恥を感じて再び顔を手で隠そうとすると、ジークフリートがすかさずキスをしてきた。口腔をねぶられながら、両手でふたつの膨らみを揉まれ先端の実を摘ままれる。

「ん、んぁ……ふ、ん……ぅ」

深く口づけられるとマルゴットは呼吸が苦しくなって頭がぼーっとしてしまう。余計なことを考えられなくなると体は刺激を素直に享受し、胸の快感がますます強くなった。

熱さと疼きの増していく下肢の間にマルゴットが妙なもどかしさを感じていると、ジークフリートの右手が脚の付け根へと下りてきた。

「あ、……っ」

長く武骨な指が敏感な肌をなぞりながら、さらに下へと辿っていく。秘所に触れられることに一瞬抵抗が湧いたが、彼に舌を吸われると下腹の疼きが増して腿の力が抜けていった。

指は秘所の割れ目を軽く撫で、花弁の間に埋まっていく。前後に動かされると艶めかしい感触がして、そこが湿っていることが伝わった。

「は、あぁ……、あ、ぅ……んっ」

マルゴットはキスの合間に甘ったるい吐息を零した。恥ずかしくてそんな場所をさわるのはやめてほしいのに、彼に触れられる心地よさと疼きに抗えない。

まるでマルゴットの体のどこが疼いているのか理解しているように、ジークフリートは指を動かす。花弁の間の媚肉《びにく》を撫で、小さな芯をぬめった指先で優しく捏ねてから、うぶな蜜口に浅く中指をうずめた。

「ふぁ、あぁ……っ」

十分湿っていたそこは、強く締めつけても抵抗せず指を呑《の》み込んだ。ジークフリートの指がゆっくりと侵入してくる感触に、マルゴットは腿を震わせる。

「力を抜きなさい。大丈夫、怖くない。気持ちよくなるだけだ」

「は、ぃ……」

彼に言われた通りに力を抜けば、指がさらに深く入ってきた。圧迫感はあるが痛くはない。むしろ疼きが満たされる愉悦をマルゴットは感じていた。

「そう、いい子だ」

「う、うぅ……」

「痛いか？」

「大丈夫、です……」

「ならば気持ちいいか？」

その質問にマルゴットは答えられなかった。甘い愉悦という自分に似つかわしくないものを否定しているのだから、当然「気持ちいい」などと口にすることなどできない。

しかし甘く息を乱し顔を赤くして潤んだ瞳を見れば、答えを聞くまでもなかった。ジークフリートはうっすらと涙の滲むマルゴットの目尻に口づけながら「可愛い」と呟く。

「可愛い、俺の妻は素直でうぶでとても可愛い」

「や、……あ、あっ」

『可愛い』と告げられるたびに内腿に勝手に力が入ってしまう。すると自分の中に入っている彼の指まで締めつけてしまい、強く存在感を覚えた。

指はゆるゆると抽挿《ちゅうそう》を開始する。摩擦はほとんどなかった。指は滑らかに動き、狭い蜜洞を刺激しながら広げていく。じっくりほぐしたおかげで二本目の指も難なく呑み込むことができた。

（ああ……ジークフリート様の指が私の中にあるのがわかるわ……。長くて関節はゴツゴツしてるけど、指の腹は柔らかくて優しくて、なんだかいい……）

素肌を触れ合わせることも心地よかったが、彼の一部を体の中で感じることも心地よいとマルゴットは思った。もっと彼を感じたいと無意識に思うと蜜口がさらに潤った。

「あ、あ、あぁ」

指の動きに合わせてマルゴットが上擦った声を上げるようになると、ジークフリートは一旦指を引き抜いた。彼の頬も紅潮しており、息遣いも荒い。

「マルゴット……」

指に纏った蜜を舐め取り、ジークフリートは初めての快楽に戸惑いながらも酔う妻を見つめる。そしてその頬に口づけ、耳もとで低く囁いた。

「可愛い俺の妻。俺はあなたとひとつになりたい」

「っ、は……ぁ」

触れられていないのに、声だけでマルゴットの体はビクビクと震えてしまう。ジークフリートの声は彼の性格を表すように品があって低く落ち着いているが、今は少し掠《かす》れていて、それがとても煽情《せんじょう》的だった。

「マルゴット……」

彼が名を呼ぶたびに、すぐ近くにある喉仏が上下する様子が視界に入り、マルゴットはなんて妖艶なのかしらとぼんやりと思った。

「ジークフリート、様……」

名を呼び返すと、甘やかに口づけられた。今度は息ができないような激しいキスではなく、ゆるゆると唇や舌を舐められる。そして口づけながらジークフリートは屹立《きつりつ》している己の雄竿を、マルゴットの花弁の間にうずめた。

「ん、あ、あぁ……」

穢《けが》れのない蜜口が初めて男を受け入れ、ゆっくりと開いていく。ジークフリートの指によって柔らかくなったそこは、熱く硬い雄芯を徐々に呑み込んでいった。

「ああ、あ……大きい……。こんな大きいなんて……」

先ほどの指より遥かに重量感のあるそれに、マルゴットは僅かに恐怖を覚えジークフリートの背中にしがみつく。しかしどういうわけかその途端、進入してくる肉塊がさらに大きさを増した気がした。

「あまり煽らないでくれ。優しくする余裕がなくなる」

ハァッと吐息交じりに言われたが、マルゴットには意味がわからない。何か失礼なことを言っただろうかと思って口を噤《つぐ》もうとした瞬間、浅いところを慣らしていた雄茎が一気に深くまで押し入ってきた。

「あ……！」

体を穿《うが》たれ開かれた痛みに、マルゴットは短い悲鳴を上げ声を失くす。目尻から涙を零し唇をハクハクさせていると、体を優しく抱きしめられた。

「マルゴット……これで俺たちは本当の夫婦になった」

ジークフリートはマルゴットが落ち着くまで抱きしめ続け、涙に濡れた下瞼《したまぶた》や汗の滲むこめかみ、痣のある額にまんべんなく口づけた。そしてマルゴットの体から強張りが抜けてくると唇を重ね、今までで一番優しい笑みを浮かべた。

「……愛してる」

破瓜の衝撃で暴れていた心臓がようやく少し落ち着いてきたというのに、再び大暴れを始める。しかも今度は胸がぎゅうぎゅうと締めつけられて痛い。マルゴットは顔を真っ赤にしながら涙目になるばかりで、言葉を返せなかった。

（な……どうして、そんな？　『愛してる』なんて、まさか、わ、私を？　そんなはずないわ。だって私は政略結婚の相手で醜い痣があって愛されるような妻じゃ……。けどジークフリート様は私を『美しい』って『可愛い』って何度も仰って……、ま、まるで恋愛小説の殿方みたいに……）

唇からはひと言も発せないのに、頭の中では言葉が駆け巡る。今日だけで『美しい』『可愛い』と生まれて初めての言葉をたくさんもらったのに、そこに『愛してる』まで加わって、マルゴットの心も頭も完全に限界を超えた。それなのに。

「愛してる、マルゴット。俺は無垢で明るくて少し変わっているあなたが可愛くてたまらないみたいだ。……あなたは……」

ジークフリートはマルゴットの気持ちが聞きたいようだ。いや、同衾の際というのは互いに『愛してる』と囁き合うことで雰囲気を盛り上げることぐらい、数多の恋愛小説を読んできたマルゴットもなんとなく知っている。本心はともかく、ここは『愛してます』と返すのが正解なのだろう。

しかし、マルゴットにはとても言えない。

（わ、私は恋愛小説の主人公じゃないのに！　そんな恥ずかしいこと言えない！　もう……もう無理！）

二十年間も暗い客席の隅っこでうずくまっていた観客が、いきなり明るい舞台に上げられて主人公を演じることなどできるだろうか。当然無理である。

愛される喜びも胸焦がす恋も知らないまま育ったマルゴットは、一夜にして供給過多に陥ってしまった。もう何が正解で自分がジークフリートをどう思っているかすらわからない。ましてや今は体も生まれて初めて男性を受け入れている最中なのだ。無茶振りはやめてほしい。

「……愛してる、マルゴット」

これ以上ないほど顔を真っ赤にしているマルゴットを見て、ジークフリートも彼女に答える余裕がないことを察したのだろう。返事を無理強いすることはなく、顔にキスの雨を降らせ『愛してる』を繰り返す。

彼が愛を囁くたび、漲《みなぎ》っている雄茎が蜜道を抽挿するたび、頭のてっぺんから足の先まで甘く痺れさせながらマルゴットは思うのだった。

（言えない……『私も愛してます』なんて、言えないわ……！）と。

# 第三章　愛の攻防戦

同情から始まった恋かもしれない。

予想外の……しかも決して美しいとは言えないマルゴットを妻に迎えまともな貴族夫人に変えてやろうと思ったのは、彼女への哀れみと同情、それからライムバッハ家当主としての意地、そして自分を謀《たばか》ったベーデカー伯爵にひと泡吹かせてやりたかったからだ。

けれど意地やベーデカー伯爵への怒りはすぐに薄れていった。マルゴットの哀れな境遇を知れば知るほど、彼女をどうにかしてやりたい気持ちのほうが大きくなっていったせいだ。

悪辣なベーデカー伯爵の娘とは思えぬほど、マルゴットは純粋で素直だった。悲惨な環境で育ったのなら世の中を憎み、復讐《ふくしゅう》するかのように傲慢に振る舞ってもおかしくはないのに、彼女は誰のことも恨まないどころか怒りの片鱗《へんりん》さえ見せたことがない。

輿入れ当日の昼食会を中止にしたことにも文句を言わず、たかが寝間着一枚で律義に礼を言い、顔の痣が露呈したときでさえ自分しか責めなかった。

家族から負の感情しか向けられていなかったのに何故こんなにも歪《ゆが》んでいないのか。その理由がわかったのは彼女が輿入れしてきてから一ヶ月が経った頃のこと。

――本。薄闇の孤独の中で唯一与えられていた本が、彼女の親で、姉妹で、友人で、師だったのだ。

マルゴットにとって本がどれほど大切なものなのか、聞かずともわかった。聞く前に彼女から全て話してくれたのだから。

常に委縮していた妻が活き活きと本のことを語りだしたとき、初めて本当の彼女を知った気がした。マルゴットが育ったのは家族に追いやられた薄暗い地下ではない、何百という恋や冒険や果てしない世界の中だったのだ。その瞳は生命力と好奇心に輝き、何にも屈していない。

あの瞬間、もしかしたら自分は恋に落ちたのではないかとジークフリートは思う。

社会と断絶された故の無垢さ。けれど憎しみはなく、本の世界で自分の人生を謳歌《おうか》してきた自信と喜び。ジークフリートは辺境伯という立場上、数えきれないほど多くの人間と接してきたが、こんな面白い女性はいなかった。

そう思った途端、初めて見たはにかんだ笑顔がたまらなく愛らしく目に映った。

（ベーデカー伯爵はなんと愚かなのだ。こんなに愛らしく賢く育て甲斐のある娘を手つかずのまま地下に閉じ込めていたとは。しかしおかげで俺がマルゴットを育てることができる。蛹《さなぎ》が蝶《ちょう》に変身するように美しく生まれ変わらせ、社会も恋も愛も全部俺が教えてやろう。無垢なまま俺のもとに送り込んできてくれたことに感謝するぞ、ベーデカー伯爵）

ジークフリートの思った通り、マルゴットは新しいことを知るたびに新鮮で愛らしい反応を見せた。一喜一憂しコロコロと変わる表情は見ていて飽きない。

しかしやはりどんな体験も本を贈ったときの喜びには敵わない。彼女がとても喜ぶから何かと理由をつけては本を与えてしまうが、ジークフリートは少しずつ胸に燻りを覚える。

（……本さえ買ってもらえれば俺でなくともこんな笑顔を向けるのか？　つまり笑顔を向けられているのは俺ではなく、本ということか？）

じつにいじましい嫉妬を、ジークフリートは生まれて初めて覚えたのである。

伯爵家の嫡子として生まれた彼は財産はもちろん容姿にも恵まれており、誰かを妬んだことなど一度もなかった。真面目で厳格な彼は愚かな恋に現《うつつ》を抜かすこともなく、女性に甘い気持ちを抱いたことさえなかった。

それなのに、微妙にままならない妻の心に、ジリジリとしたもどかしさを覚えるようになってしまったのだ。しかも嫉妬の対象は男どころか本、無機物である。

馬鹿馬鹿しい己の嫉妬心に呆れつつも、ジークフリートは思う。妻に愛を告げられたいと。

（マルゴットは俺のことを悪くは思っていないだろう……多分。ならば床を共にすれば『愛しています』くらい言ってくれるのではなかろうか）

もともとマルゴットが今の生活に慣れてきたら共寝を再開させようとは思っていた。半年くらい猶予を見ていたが、ジークフリートのほうがもう限界である。

よく瞬きをする丸い目も、ふっくらとした唇の小さな口も、透き通るほど白い肌も、姿勢がよくなるたびに豊満さが露になる胸も、早く口づけしたくてたまらない。そこに『愛しています』と彼女に言わせたい欲が加わって、ジークフリートは予定を早め共寝をお披露目の夜に再開することに決めた。

普段は己を律しているジークフリートが気持ちをひとつも隠すことなく零したのは、マルゴットを初めて抱いた夜のことである。

社交辞令以外で女性を『美しい』『綺麗だ』と称えたのは初めてだった。ましてや『可愛い』なんて生まれてから口にしたことなどなかったかもしれない。けれど羞恥に潤むヴァイオレットの瞳も、褒められると泣きそうになってしまう顔も、たどたどしい口づけも、『可愛い』としか言いようがないのだ。

『愛してる』

この言葉も、ジークフリートは両親以外に初めて告げた。今夜伝えようとは思っていたが、考える間もなく口にしていた。愛しい思いが溢れ出ていた。

と、同時に、マルゴットの心が知りたかった。どうか自分と同じ想いであってほしいと願う。

……しかし。この夜、桃色の唇が愛の言葉を紡ぐことはなかった。

三ヶ月遅れの初夜で、体は結ばれた。それは間違いなく幸せなことであったが、ジークフリートの心は満たされていない。

（マルゴットは恥ずかしがりやなのだ。それにまだ他人と接することにも慣れていない。自分の感情が恋愛だと理解していないのかもしれない）

あれこれ理由をつけてジークフリートは己を納得させようとする。しかし翌日、休暇を満喫し丸一日読書を堪能した彼女が晩餐の席で嬉しそうに読んだ本のことを語り、昨夜のことには触れないのを目のあたりにして、ジークフリートは笑顔の裏で悶々《もんもん》とした気持ちを燻らせたのだった。

ある日の昼下がり。

マルゴットは庭にあるベンチで一冊の詩集を読んでいた。ベンチには樫《かし》の木が影を作って六月の眩《まぶ》しい日差しを遮ってくれている。

お披露目が済んだことで、マルゴットのせわしない日々は一旦落ち着いた。とはいえまだまだ未熟だ、貴族の教養として学ぶべきことは山ほどある。異国語や古典などの座学、芸術やファッション、帝都の流行などの勉強は続くが、今までのように詰め込んだものではなく、午前にも午後にも休憩を挟むような余裕を持ったスケジュールをジークフリートが組んでくれた。

おかげで昼食後にはこうしてのんびり読書を楽しむ時間もある。

至福の一時を過ごすマルゴットが、時折吹く風に清々しい夏草の香りを感じたとき、近づいてくる足音が聞こえた。

「ジークフリート様」

やって来たのはジークフリートだった。彼は今日も今日とて身なりをキッチリと整え、髪はひと筋の乱れもなくシャツにもコートにもウエストコートにも余計な皺ひとつない。初夏の日差しに眩しそうに手で影を作りながらも、こちらに向かって微笑む彼に、マルゴットの胸が高鳴る。

「今日は街へ視察に行かれたのでは？」

「もう済んだ。昼食会に招かれたが今日は早く屋敷で寛ぎたい気分でね」

「そうだったのですか。私ってばお出迎えもせず……」

慌ててマルゴットがベンチから立ち上がると、彼は片手を上げ「そのままでいい」と告げた。そして自分も隣に座り、マルゴットに体を寄せる。

「今日は何を読んでいたんだ？」

本を覗き込んでくるジークフリートの髪が微かに頬に触れる。彼の香水の匂いが鼻に掠って、マルゴットの胸が大きく鳴った。

「ラニエーリの詩集を読んでいました」

「ああ、彼は歌劇の作家でもあるな。本は読んだことがないが歌劇はネイドリーバーグで観たことがある。まだ上演していたはずだ、今度一緒に観にいこう」

「は、はい……」

返事をしながらマルゴットの体に緊張が走る。彼の手がさりげなく肩に回されたからだ。さっきまで近くを通る庭師が挨拶したのも気づかないほど詩の世界に没頭していたのに、今はもう読んだ本の内容がすっかり頭から抜けてしまった。ドキドキと自分の心臓が立てる音が煩すぎて、何も考えられない。

「……マルゴー」

耳の近くで囁くように呼ばれ、マルゴットは今度こそ心臓が口から飛び出るかと思った。ジークフリートは最近、不意にマルゴットを愛称で呼ぶ。愛称で呼ばれたことのないマルゴットはそれを嬉しく思う反面、普通に名を呼ばれるよりもドキドキしてしまうのだ。

何故なら初めて愛称で呼ばれたとき不思議な顔をしたマルゴットに、彼が『あなたは俺の特別だからそう呼ぶんだ』と説明したからだ。それ以来『マルゴー』と呼ばれるたび、彼の特別という言葉を思い出して意識してしまう。

（と、特別っていったって深い意味があるわけではないわ。だって私はジークフリート様の妻なんだから、特別といえば特別だもの。恋人同士が甘く呼び合う愛称とは別物で……）

心の中で誰にあてているのかもわからない言い訳を必死にしながら、マルゴットは唇を嚙みしめる。本を開いたまま小さく震えている手はもう汗まみれだ。手袋をしていたので本のページを濡らさずに済んでよかったと、心の隅で思う。

「マルゴー。あなたのお気に入りの詩を朗読してくれないか。恋の詩がいい、俺に向かって心を籠めて読んでくれ」

耳まで真っ赤になったマルゴットは勢いよく立ち上がると「わ、私、もう午後の授業に行かなくちゃ！　失礼します！」と無駄に大きな声で告げて、逃げるように立ち去った。

ジークフリートを置き去りにしてきてしまったが、振り返る勇気はない。

（いったいどうしてしまったの、ジークフリート様は。そして私の心臓も、いったいどうしてしまったというの？）

大股に早歩きで屋敷の中へ戻りながら、マルゴットはクラクラする頭で考える。

初めて体を重ねた翌日から、ジークフリートの態度がおかしい。マルゴットを愛称で呼び始めただけでなく、やけに距離が近い。さっきのように肩を抱いてくることも多くなったし、見つめてくることも増えた。

朝食の時間など向かいの席のマルゴットを見つめ、目が合うと微笑むものだから、どうしていいかわからなくて、ついのべつ幕なしに本のことを語り気まずさを誤魔化してしまうほどだ。

まさかとは思うが、とマルゴットはゴクリと唾を飲み込む。

（ジークフリート様は私に……こ、恋をしてらっしゃる、とか……？）

彼が見つめてくる眼差しは優しいが、どこか熱い。生身の人間をあまり知らないマルゴットには確信が持てないが、これが『恋する眼差し』だと言われたら納得するだろう。

『愛してる』とは言われたが、それは同衾の際の睦言だと思っていた。しかしもしかしたら本当の本当に愛しているのかもしれないと思い、マルゴットは悲鳴を上げたくなる。

（そんな、ジークフリート様ほどの素敵なお方が私に恋とか愛だなんて……！）

彼が恋愛の心を持つこと自体は何らおかしくない。むしろあれだけの美丈夫なのだ、色恋がとても様になる。恋愛小説の恋人役と比べても遜色がない。

問題はその相手が自分だということだ。

マルゴットは相変わらず自分が主人公になることが怖い。凛々しいジークフリートの琥珀色の瞳に映っているのが自分だと思うと、それは違う！　と叫びたくなってしまうのだ。

もし恋愛小説の主人公の名が、ある日突然自分の名前に置き換わっていたらどうだろう。素敵な物語と非情な現実がミックスされたようで、違和感を覚えるに違いない。

マルゴットは主人公にはなりたくないと思う。特に恋愛は一生読む側でいいと心に誓ったのだ。……それなのに、この胸の高鳴りはどうしたことだろう。

（うう。最近はジークフリート様がそばにいらっしゃるだけでドキドキするし、ひとりになっても彼のことを考えてしまうわ）

自分もまた彼に恋をしているのだと、マルゴットは認めたくない。認めたなら彼と愛し合っていることになってしまうのだから。

はたから見たら贅沢な悩みだろう、美丈夫で真面目で優しい夫と相思相愛なのに、それが嫌だというのだから。しかしマルゴットは真剣である。

(私に恋は不相応よ。恋はするものではなく読むもの。恋はするものではなく読むもの……)

心の中で自分に言い聞かせながらマルゴットは屋敷に戻っていく。その背を、遠くからジークフリートが熱い眼差しで見つめていることに薄々気づきながら。

体を重ねて以来、夜はほぼ毎晩同衾をしている。

甘く囁かれることに対する羞恥は変わらないが、閨《ねや》の睦言だと思えば耐えられた。それに回を重ねれば重ねるほど愉悦に翻弄されるようになり、最近ではゴチャゴチャと考える余裕もない。そういう意味では昼間不意に近づかれたり愛称で呼ばれたりするよりは、心臓に悪くなかった。

「はぁ、はぁ……」

「大丈夫か。今、水を汲んであげよう」

屋敷の中が寝静まった頃。夫婦の寝室の広いベッドでは、抱かれ終えたマルゴットがぐったりと身を投げ出している。

ずっと地下暮らしだったマルゴットは体力がない。この屋敷に来てからは散歩などを日課にして多少マシになったけれど、それでも一度抱かれただけでこの有様だ。

ジークフリートも思うところはあるが無理強いはせず、抱き終えたあとは疲労困憊《ひろうこんぱい》のマルゴットを甲斐甲斐しく世話してくれていた。

部屋にある水差しからグラスに水を汲んできたジークフリートは、マルゴットの上半身を抱き起こして水を飲ませる。

冷たい水分が体に染みていくと、ようやくマルゴットは朦朧《もうろう》としていた意識を取り戻した。それでも体にはまだ力が入らず、ジークフリートの逞《たくま》しい胸に凭れ掛かる。図らずもその姿は、しなだれているようだ。

「疲れさせてしまったな。体は拭いてあげるから、このまま眠るといい」

優しい言葉と共に、大きな手がそっと髪を撫でる。そのあまりの心地よさにマルゴットは身を任せてしまいたくなるが、彼に情交の後始末をさせるわけにもいかない。

「大丈夫です……。湯浴みに行って参りますね」

寝室の隣には簡易的ながら湯浴みの用意がしてある。体を綺麗にしてこようとマルゴットは凭れていた体を起こそうとしたが、肩を摑まれ戻されてしまった。

「まだここにいなさい」

「で、でも」

マルゴットの体は汗と体液でベトベトだ。そんな状態で寄り掛かっているのも悪いと思うが、ジークフリートは肩に腕を回し逃がさない。

「俺がこうしていたいんだ。もっとあなたの肌や体温を感じていたい。駄目か？」

そう言って彼は額にキスまでしてくる。「駄目」とも言いにくく、マルゴットはおとなしく彼の懐に収まり続けた。

飽きることなく彼女の髪を撫で、額に顔を摺り寄せていたジークフリートだったが、ふと思い出したように「そうだ」と呟いた。

「来月の夏季休暇だが、クベレドルフの別荘に向かう途中でグリューンの町に寄ることにした」

夏の盛りに入るとクータニア帝国の貴族たちは夏季休暇と称して避暑地に移る。ライムバッハ家は領地の北西にあるクベレドルフという高原の町で過ごすのが定例だと、マルゴットは先週ジークフリートから説明されていた。

「何かあるのですか？」

グリューンはライムバッハ領の西側に隣接している避暑地の町だ。ジークフリートの伯父で選帝侯のアントンが治めている。

「伯父に、俺たちのお披露目に来てくれた礼をしにいこう。他にもグリューンの町で休暇を過ごす貴族は多いから、挨拶をするのにちょうどいい」

社交界の本格シーズンである冬はまだ先だが、上級貴族ともなれば常になんらかの集まりや訪問があるものである。今まではジークフリートひとりでそれを担ってきたが、お披露目も済んだことでマルゴットも同伴せねばならなくなったのだ。

僅かに緊張した様子を見せたマルゴットに、ジークフリートは柔らかく微笑んで頬を撫でる。

「大丈夫、身構えなくていい。俺がそばにいるから安心しなさい。ただ、伯父はダンスが好きだから舞踏会を開くだろうな。俺が相手になってあげるから、ダンスのレッスンをしておこう」

「は、はい！」

力強く頷きながら、マルゴットは（頑張ろう）と心の中で思う。

結婚が決まったときは貴族の妻など自分には到底務まらないと思ったが、今は違う。三ヶ月の徹底した教育とお披露目の成功で少し自信がついたおかげだ。しっかり練習に励み、ジークフリートの妻として恥ずかしくないように振る舞いたい。

マルゴットは彼に抱く気持ちが恋とか愛だとは、まだ認められない。けれど誰より大切で尊敬しているという自覚はある。

醜く矮小《わいしょう》だった自分を見違えるほど変えてくれただけではなく、大好きな本の世界を共有し認めてくれた。ジークフリートは素晴らしい男性で、恋愛感情を抜きにすれば素直に「世界で一番好きな人」と言えるだろう。

彼のために後ろ指をさされるような妻になってはいけない。マルゴットの胸にはいつしかそんな気持ちが強く根づいていた。

「メヌエットもカドリールも間違えず踊れるように頑張ります」

マルゴットがそう意気込むとジークフリートは目を細め、肩に回していた手に力を籠めて体を抱き寄せた。

「新しいドレスを用意しよう。今度は髪に合わせて銀色のものがいい。あなたはもっともっと美しくなる、俺がしてみせる。愛してる、俺のマルゴー」

彼の琥珀色の眼差しは日に日に優しく、情熱的になっていく。今夜は特にそれが加速したように見えて、マルゴットは頬を赤らめた。

「可愛いマルゴー。そうだ、チョーカーは赤い薔薇にしよう。きっとあなたの白い肌によく映える」

そう言いながらジークフリートはマルゴットの額や耳に口づけ、やがて抱きこんだ体をそのままベッドへ押し倒した。

「あ、あの、ジークフリート様……」

彼の手が再び素肌の上を撫でていき、マルゴットはまさかという思いで目をしばたたかせる。

「今まで我慢してきたが、やはり俺はあなたをひと晩に二回抱きたい。それにダンスのレッスンのためにも、あなたはもっと体力をつけるべきだろう。ちょうどいい」

「そんな！」

頑張るはずのダンスのレッスンを体のいい口実に使われマルゴットは腑《ふ》に落ちなかったが、彼が甘く唇を重ねると批難する気持ちは失せてしまったのだった。


七月。内陸国であるクータニア帝国の夏は暑い。

王侯貴族たちは涼を求めて帝都や自領から抜け出し、避暑地へと向かう。

ジークフリートも慣例に倣いマルゴットを連れて本邸のある街から、高原のクベレドルフを目指し出発した。本邸からクベレドルフまでは馬車で片道三日。今回は二日目にグリューンの町へ寄らなければならない。

「夏の空は綺麗ですね。なんて清々しい青なの」

長い旅路にもかかわらず、マルゴットはくたびれた様子を見せることもなく馬車の窓から景色を眺め続けていた。

地下暮らしだったマルゴットにとって、新しい景色が見られる旅は新鮮で楽しい。延々と農村地帯が続き刈入れの終わった麦畑しかなかろうと、変わり映えのしない林道が続こうと、乾いた道が黄土色の土埃を立てているのさえ面白い。

輿入れのときも馬車で旅をしてきたが、あのときは風景を楽しむ余裕など全くなかった。カーテンを閉めた馬車で俯きっぱなしだったのだから、どんな道を通ったのかさえ覚えていない。

マルゴットにとっては避暑地へ向かうこの道程こそが、初めての旅に等しかった。

「楽しそうで何より」

そんな無邪気な妻を、ジークフリートは向かい側の席で脚を組み頬杖をついた姿勢で眺めている。その表情は彼女に負けじと楽しそうだ。

「十二世紀の騎士ペレスの回顧録に、真夏の遠征の記述があるんです。『眩しすぎる太陽が見るもの全てを濃く映す』とあったけど、きっとこんな風景だったのでしょうね」

夫の向ける視線の意味もわからず、マルゴットはウキウキと話す。文字でしか知らなかった世界が目の前に広がる感動は、何度味わっても胸が震えるものだ。

馬車の窓から瞳を輝かせて景色を眺め続けるマルゴットに、ジークフリートは少しだけ小首を傾げ「暑くないのか？」と尋ねてきた。

マルゴットは考えるように二、三度瞬きをしてから「大丈夫です」と答える。

窓を開けているとはいえ炎天下を走る馬車の室内は三十度近くにも昇る。ジークフリートでさえ時々ハンカチで額の汗を拭うのに、マルゴットは平然としていた。

「汗を搔きにくい体質……ではないよな。ベッドでのあなたは顔も体もしっとりと湿っている」

不思議そうに呟いたジークフリートに、マルゴットは「何を仰ってるんですか、もう！」と顔を真っ赤にさせた。

「暑いのには慣れているのです。私の暮らした地下は夏はそれはもう、うだるような暑さでしたから。それに比べれば馬車は風通しもいいし快適です」

空気の流れが悪い地下は、湿気も熱も籠もりやすい。真夏にもなれば息苦しいほどに暑くて、必死に手で風を仰ぎながら本を読んだものだった。

一歩間違えれば命を落としかねない逸話を、マルゴットは笑顔で話す。あの頃は醜いことが罪だと思っていたので地下暮らしも甘んじて受け入れていたし、今となっては過ぎたことなのでどうでもいい。

しかし彼女とは裏腹にジークフリートは顔を曇らせてしまった。

眉間に皺を寄せ何か言いたげな口を引き結ぶ彼を見て、マルゴットは自分が不快な話をしたのかと思い焦る。

「つまらない話をして申し訳ございません。地下暮らしの話はライムバッハ夫人として相応しくありませんでしたね。以後、慎みます」

しかし謝罪したマルゴットを見てジークフリートは額を手で押さえ首を横に振ると、

「いや、そうではない。あなたは何も悪くない。謝らないでくれ」と苦しそうに言った。

マルゴットには彼の気持ちがわからない。とても不快そうだが、何に対して怒っているのかよくわからなかった。

どうしていいのか困ってしまいマルゴットが眉尻を下げていると、ジークフリートは顔を上げて笑みを見せた。しかしその笑顔はどこか悲しそうだ。

「クベレドルフはいいところだ。湖があって涼しい風がよく吹く。きっとあなたも気に入るだろう。これから夏は毎年涼しい場所で過ごそう。もうあなたに二度とつらい夏を過ごさせやしない」

「……はい」

そう言った彼の心は測れないが、マルゴットは胸の奥がギュッと切なくなり、どうしてか少し泣きたくなったのだった。

グリューンの町にあるジークフリートの伯父アントンの別荘に着いたのは、日が傾き始めた午後のことだった。

アントンの別荘は高台にある古い城を改築したものだ。六百年前に建てられたというそれはどっしりとした石造りで、騎士の時代を偲《しの》ばせるような古式ゆかしい建物である。

外観は重厚感があるが内装は不便のないように改装されており、大広間はクリスタルのシャンデリアが部屋を明るく照らし、石床には華やかな柄のカーペットが敷かれていた。壁は昔のままの石造りで今は亡き古き国のタピストリが飾られており、趣が感じられる。

城に到着したマルゴットたちは客室に案内され小休憩したあと、すぐに身支度を整え大広間へと移動した。

ジークフリートの予想通り、アントンは客人を迎えるため大広間で盛大な舞踏会を開いた。選帝侯である彼もジークフリートに負けず劣らず顔が広く、大広間には上級貴族や上級官僚だけでなく皇室の血筋の者もちらほら見えた。

「伯父上」

「おお、ジーク。来たか」

マルゴットはジークフリートに連れられ、主催者のアントン夫妻のもとへ行く。

「伯父様、奥様。このたびは素晴らしい別荘に招待してくださってありがとうございます。

私、こんなに歴史あるお城を見たのは初めてで感激しております。騎士やかつての王たちの息吹が感じられるみたいで……なんて浪漫的なんでしょう」

歴史の物語を感じさせるこの古い城に、本好きのマルゴットが喜ばないわけがない。到着した瞬間から大興奮だ。本当は今も中世の騎士物語についてつらつらと語りたいところだが、それを自戒するくらいの常識はここ数ヶ月で身についた。

けれどそれでも瞳の輝きは隠せないマルゴットに、アントンも夫人も微笑ましく目を細める。

「そんなにこの城を気に入ってくれたか。嬉しいね、ここは儂《わし》のコレクションの中でも自慢の城でね。侍従に申しつけておくから、あとで城の中を見学するといい。東の塔には昔の武器や鎧《よろい》が飾ってある」

「本当ですか！　ありがとうございます！」

親切なアントンの心遣いに、マルゴットは大感激だ。ジークフリートのほうを振り返ると彼も「よかったな」と言わんばかりに顔を綻ばせている。

それを見たアントンが珍しそうに目を丸くした。隣では夫人が「まあまあ」と扇で隠した口もとに弧を描いている。

「ジークはよい結婚をしたのね。いつも厳めしいあなたのそんな優しい表情、初めて見たわ」

夫人の言葉に、ジークフリートが珍しく動揺した様子を見せた。「何を仰るんですか」と返す彼の耳が赤い。

「ははは。儂もジークを赤子の頃から知っているが、お前のそんな顔は初めて見たよ。この堅物な甥《おい》を骨抜きにするとは、さすがベーデカー家の深窓の白百合だ」

伯父夫婦にからかわれて、さしものジークフリートもはにかんで笑うばかりだ。マルゴットに至っては顔を赤くして言葉を返す余裕もない。

（骨抜きなんて、そんな。私たちは政略結婚の夫婦なのに）

マルゴットは相変わらず恋愛の舞台に上がることに抵抗している。しかし周囲にまでジークフリートの好意を指摘されてしまうと、逃げ道もそろそろ全滅だ。

初々しい甥夫婦の反応に、四人の間には和やかな空気が流れる。しかし。

「そうそう、ベーデカー家といえば今日は妹ぎみもおいでだ。タイバー公爵がいらしているからね」

アントンが発した言葉に、ジークフリートとマルゴットの表情が一変した。

（リーゼロッテが……）

マルゴットの心中は複雑だ。

醜い自分が腹違いの美しい妹に蔑まれることを、ずっと当たり前だと思っていた。だから彼女に対し特に怒りや恨みの感情を抱いたことはない。

けれどもし今、以前と同じように馬鹿にされたらジークフリートの顔に泥を塗ることになる。それは嫌だとマルゴットは思った。

（あまり顔を合わせたくないわ）

妹もこんな公の場でマルゴットを酷く罵ったりはしないだろうが、それでも無用なトラブルは避けたかった。

戸惑うマルゴットがチラリとジークフリートを見やると、彼は笑みを消しキュッと唇を引き結んでいた。静かな怒りを秘めているようなその顔は、馬車で刹那見せた表情に似ていた。

甥夫婦が微妙な反応をしたのを見てアントンは不思議そうにしたが、他の客人に声をかけられると「今夜はゆっくり楽しんでいってくれ」と言い残し夫人と共に去っていった。

残されたマルゴットは少し不安になる。

（ジークフリート様、なんだか怒っているみたい……？　そうよね、私のことを受け入れてくださったとはいえ、ベーデカー家は彼を騙《だま》したも同然だもの。リーゼロッテに対しても腹立たしく思っていて当たり前だわ）

そう思いながら横目で窺っていると、ジークフリートは深く息を吐き気を取り直したように穏やかな表情になってマルゴットの手を取った。

「伯父上の言う通りだ。せっかく華やかな場に招待されたんだ、今夜は楽しもう」

「はい！」

会場では楽団がちょうどカドリールを演奏し始め、男女が続々と広間の中央へ集まっていく。マルゴットはジークフリートと一緒に踊りの列に加わった。

日々のレッスンのおかげで、マルゴットはだいぶ達者に踊れるようになってきた。ジークフリートと向かい合い曲に合わせてステップを踏むのは楽しい。

しかしやはりリーゼロッテのことが気になって、踊りながらもチラチラと会場を見回してしまうのだった。

――そんなマルゴットを、遠目に注目している者たちがいた。

「あれが噂のライムバッハ辺境伯の奥方か」

「ベーデカー家の〝深窓の白百合〟だろ。社交界では誰も存在を知らなかったという、屋敷の奥に隠された白皙《はくせき》の美女！　確かに、噂に違《たが》わぬ美貌だ」

「ベーデカー伯爵が溺愛するあまり社交界に出さなかった令嬢を、辺境伯が見つけ出し、その美貌に惚れ込んで熱心に求婚したそうな。あのお堅い辺境伯が満面の笑みで奥方と観劇をしていたという話も聞いたぞ、今やすっかり愛妻家だ」

ワインやボンボンを片手にそんなことを語るのは、アントンと交流のある貴族の男たちだ。社交界によく出入りし噂に目聡い彼らのもっぱらの関心は、ライムバッハ辺境伯に嫁いだマルゴットのことである。

痣のせいで地下に閉じ込められ、いない者として扱われていたのに、今ではそれが転じて深窓の令嬢扱いである。全く社交界に出なかったせいで謎だらけのマルゴットは、その透き通るような肌や銀糸のようなプラチナブロンドも相まって、神秘的な女性扱いだ。

おまけに堅物で有名なジークフリートが随分と惚れ込んでいるというのだから、注目を集めないわけがない。

マルゴットは当然神秘的な存在でもなければ彼らが思うような慎ましい性格でもないのだが、男とは謎の多い美女に心惹《こころひ》かれるものである。

マルゴットにうっとりとした視線を向けながら「美しい」「話してみたい」と口にする男性陣に、密かに憤怒する女性がいた。

(信じられない、信じられないわ。あのバケモノが深窓の白百合ですって？　これはなんて悪夢なの？)

リーゼロッテはお気に入りの象牙の扇をギュッと握りしめる。顔は愛想よく笑顔を取り繕っているが、はらわたが煮えくり返りそうだ。

ベーデカー家の恥として地下に隠して育てられた醜い醜い姉。自分に来た求婚をやむを得ず押しつけたが、せいぜい夫に疎まれ屋敷の外にも出られず惨めな一生を送るものだと思っていた。それなのに『ライムバッハ辺境伯の花嫁は美しい』という妙な噂を耳にしたと思ったら、社交界でたちまち神秘的な美女として名を馳せたのだから、リーゼロッテはキツネにつままれたような気持ちだ。

わけもわからぬうちにマルゴットの評判はどんどん上昇し、最近では父までわけのわからないまま『マルゴットは自慢の長女です』などと人に言いだす始末だ。

絶対に何かの間違いだと思っていたのに、リーゼロッテは夫のタイバー公爵と共に出席したこの舞踏会で見てしまったのだ。バケモノから生まれ変わった姉の姿を。

老婆の白髪のようにボサボサだった髪は輝く銀露の滝になり、惨めな猫背はスラリと伸びて豊満な胸を持った蠱惑的なスタイルになっているではないか。白粉を塗りたくっても隠しきれなかった醜い痣は魔法のように消えていて、堂々と前髪を上げて額を見せている。

リーゼロッテは目を疑った。別人だと思いたかったが、一応は半分血の繋がった姉だ、見間違えるはずがなかった。

（いったい何故！　何が起きたっていうのよ！）

美に固執しているリーゼロッテはあらゆる整髪料やコルセットや白粉を試したことがある。けれどどれも、あのような美貌はもたらしてくれなかった。もしや魔女の仕業ではないかと訴えてやりたいが、それでは家族揃ってマルゴットをバケモノ扱いしていたことがバレてしまうため口には出せない。

リーゼロッテは、あちこちでマルゴットを称賛する声を聞きながら歯噛みするしかない。本人を捕まえてどういうことか問い質したいが、彼女のそばにはずっとジークフリートがいる。結婚詐欺まがいのことをした後ろめたさのせいで、彼と顔を合わせるのは避けたかった。

強張った笑顔で扇の骨が折れそうなほど握りしめていると、共にいた夫のタイバー公爵ことパトリックが小声で呟いた。

「なんと美しい……あんなに白い肌は見たことがない。まさに白百合だ。ライムバッハ辺境伯が羨ましいな。ああ、僕ももっと早く姉の存在を知っていれば……」

夫の独り言に、リーゼロッテは怒りのあまり卒倒しそうになる。

パトリックは顔立ちのクッキリとした甘いマスクの持ち主だ。派手好きでリーゼロッテに負けず劣らずの浪費家である。

リーゼロッテにひと目惚れして求婚してきたが一途な性格とはいえず、美しい女性に目がない。舞踏会などで彼が他の女性に色目を使うたびにリーゼロッテは憤慨してきたのだが、まさか姉に興味を示す日が来ようとは夢にも思わなかった。

踊るマルゴットを見つめるパトリックの目は他の男性同様うっとりとしている。それどころか周囲の会話を聞いて「僕は彼女の義弟なんだぞ、羨ましいだろう」という優越感が表情に滲んでいるのだから、腹立たしいことこの上ない。

「リーゼロッテ。あれはお姉さんだろう？　挨拶がしたい、僕に紹介してくれないか」

「あ、あとでね。それより新しいお料理が来たわ。あっちのテーブルへ行きましょう」

夫とマルゴットを会わせたくなくて、リーゼロッテは彼の気を逸らそうとする。しかしパトリックは当然あきらめない。

「いや、今すぐがいい」

「でも私、ライムバッハ辺境伯ってなんだか苦手で……。あまり顔を合わせたくはないわ」

「なら僕だけで行く。僕は彼女の義弟になるんだ、挨拶をしないのは失礼だろう」

「ちょっと待って！」

パトリックはダンスを終えたマルゴットたちのもとへ颯爽《さっそう》と歩いていく。さすがに自分だけ挨拶をしないわけにもいかず、リーゼロッテは苦虫を嚙み潰したような顔でついていった。

「こんばんは、ライムバッハ辺境伯。マルゴット義姉上」

調子のいい挨拶をしてきたパトリックにジークフリートとマルゴットは一瞬驚いた顔をしたが、すぐに畏まって頭を下げた。

「タイバー公爵。ご無沙汰いたしております」

皇室の覚えがめでたいジークフリートはパトリックとも顔見知りだ。もっとも性格が真逆のふたりはどこかで顔を合わせれば挨拶をする程度の仲だが。

一方マルゴットは初対面だ。「妻のマルゴットです」とジークフリートに紹介され、少し緊張した面持ちでスカートの裾を持ち膝を曲げる。

「これはこれは、近くで見るとますます美しい。姉妹でもリーゼロッテとはまた違う顔立ちだな。大きなヴァイオレットの瞳は宝石のようだ」

ジークフリートとリーゼロッテのきつい視線も気にすることなく、パトリックは無遠慮にマルゴットをジロジロ見つめる。それからすっかり忘れていた妻のことを思い出したように「ああ、そうだ」とリーゼロッテのほうを振り返った。

「今更紹介するまでもないが、妻のリーゼロッテだ」

呑気なパトリック以外の三人の間には、ピリッとした緊張が走る。

リーゼロッテはジークフリートに批難されず、夫が姉から興味を失くすためにはどう振る舞えばいいかすかさず考えて行動に移した。

「ああ、お姉様！　会いたかったわ！」

リーゼロッテはそう叫ぶと、感激の表情を浮かべ姉の手を握った。マルゴットはポカンとしている。

「突然お父様が結婚を決めてお嫁に行ってしまわれたから、私、寂しくて寂しくて……。けどお幸せそうでよかった。ライムバッハ辺境伯は名士ですものね。きっとよくしていただいているのね」

姉を慕う妹を演じるリーゼロッテの言葉は、暗に結婚詐欺に自分は関わっていないと言っている。

態度の豹変《ひょうへん》だけでなく意味のわからない言葉にマルゴットは混乱していたが、横目でそれを見ているジークフリートの目はひたすら冷めていた。

リーゼロッテはマルゴットに注目している周囲の男性と夫に聞こえるように、わざと声のトーンを上げて話を続ける。

「それにしても見違えたわ、お姉様。実家にいた頃とは別人みたい。お姉様ったら成人してもおしゃれにこれっぽっちも興味がなくて、髪を梳いたこともなければドレスを選んだこともなかったのに。よほど辺境伯が手をかけてくださったのね」

〝深窓の白百合〟の噂をしていた男たちが、「おや？」というように目をしばたたかせた。パトリックもだ。

「あまりに恰好に気を使わないものだから、夜中に廊下を歩くお姉様を見て使用人が幽霊と間違えたこともあったわね。懐かしいわ」

まるで思い出話でもするかのように、リーゼロッテは姉を貶《おとし》める。今でこそ物珍しさで称えられているけど、本当は幽霊のように醜い女なのだと声を大にして言いたい。しかし。

「ふふ。あのときは大きな声で叫ばれてしまって、私のほうが驚いたわ」

過去のことを気にしていないマルゴットは妹の企みに気づかず、懐かしい話に素直に目を細める。その無邪気な笑みに、パトリックの視線は釘づけになった。内心憤慨したリーゼロッテは、ますますムキになる。

「昔のお姉様は酷い猫背だったのに、今日は背筋が伸びてらっしゃるのね。よかったわ、これで使用人に老婆みたいだなんて陰口を叩かれずに済むものね」

「ジークフリート様がよい医師を呼んで治してくださったの。とても感謝しているわ」

「……っ、そ、そう？　けどこんな華やかな場所に呼ばれて、お姉様は疲れてしまうんじゃない？　お姉様ってば社交界に相応しい教養は何も身についていないし、ダンスだって踊れないし、楽しい会話だってできないでしょう？」

「教養もダンスもジークフリート様が教えてくださったわ。おかげで今夜はとても楽しいの。アントン伯父様に素晴らしい舞踏会に招待していただけて嬉しいわ」

リーゼロッテが悪知恵を働かせどんなに貶めようとしても、マルゴットは笑顔でそれを受けとめてしまう。

今の自分をけなされたらマルゴットはジークフリートの妻として恥を掻かされたと思い、憤慨するだろう。しかし過去の話は単なる真実だ。過去の自分が醜いことを理解しているマルゴットにとって、怒ることでもなければ隠す必要もなかった。むしろ——。

「令嬢の陰口三昧とは、ベーデカー家の使用人は随分と品性がないのだな。それに娘に身なりや教養を仕込むのは親の責任だと思うが、ベーデカー伯爵は何をしておられたのか」

淡々と冷たい口調のジークフリートの問いかけを聞いて、リーゼロッテは失態に気づきヒヤリと背を冷たくした。姉の悪口に必死で、結果的に実家を貶めてしまっていた。

「あ……ち、違うのです。お姉様が教育を嫌がって、その……。だからお父様もどうにもできず、使用人たちも嘆いて……」

「娘ひとり手に負えない、使用人の口を慎ませることもできない。ベーデカー伯爵家は先代は大変有能であらせられたが、現当主は家長として少々問題がおありのようだな。……もっとも、あなたの姉上は教育を嫌がるどころか稀有《けう》なほどの努力家で勉強熱心なので、

その話の信憑性《しんぴょう》も疑わしいが」

完全に墓穴を掘ったと思い、リーゼロッテは唇を震わせて言葉を失くす。悪巧みが得意で社交界では他の美しい令嬢を何人も蹴落としてきたが、相手があの醜い姉だと思うとついムキになってしまい計算が鈍った。

「そんな……。私はただお姉様のことが心配なだけで……」

哀れみを誘って誤魔化そうとジークフリートに潤んだ瞳を向けても、彼は呆れたように一瞥《いちべつ》するだけだった。今まではどんな気まずい場面でも男性にこの目を向ければイチコロだったのに。

「……リーゼロッテ、きみ……」

神妙な口調で呟かれたそれに、リーゼロッテはハッとして夫のほうを振り返る。

パトリックは眉根を寄せ口をへし曲げ、明らかに引いた顔をしていた。緑色の瞳には侮蔑の感情さえ籠もっている。

「ベーデカー伯爵の教育にも驚きだけど、きみもそんな現状を見て何もしなかったのかい？　義姉上が可哀想じゃないか」

「し、したわ。ええと、たとえば、ええと……」

「……もういいよ」

狼狽えているリーゼロッテを見て、パトリックは盛大にため息をつくと彼女から視線を逸らした。初めて夫に冷たくあしらわれて、リーゼロッテは衝撃で青ざめる。

ひと目惚れで求婚してきたパトリックは浮気性ではあるが、それでも美しいリーゼロッテのことをよく可愛がっていた。彼女の機嫌を取るために贈り物は欠かさなかったし、わがままも大体聞き入れてやった。彼は基本的に女性に優しいのである。

その夫が初めて見せた冷たい態度に、リーゼロッテは盛大に動揺した。

「義姉上、リーゼロッテが失礼したね。どうぞお許しを」

「いえ、別に。私が幽霊や老婆に間違えられたのは本当ですから」

妹に散々けなされてもケロッとしているマルゴットを見て、姉妹のやり取りに密かに耳を傾けていた男性たちがコソコソと話しだす。

「マルゴット嬢は懐が広いな。あんな悪口を言われても平然としている」

「きっと使用人たちも彼女の美しさを妬んでそんなことを言ったんだろう。全く酷いもんだ」

「ベーデカー伯爵も酷い父親だ。何故マルゴット嬢に教育を施さなかったんだ？」

「そりゃああの美しい娘に教養をつけたら、あっという間に嫁に持っていかれると思ったからさ。何も教えず屋敷に閉じ込めていたから二十歳まで隠し通せたんだろ」

「娘可愛さとはいえやりすぎだな。ベーデカー伯爵はやはり人格に問題がありそうだ」

耳障りな話し声を聞きながら、リーゼロッテは必死に頭を働かせる。このままでは姉の株が上がるだけでなく、自分とベーデカー家の名声が転がり落ちてしまう。

（醜いのに！　この女は本当にバケモノのように醜いのに！　それを知らないからみんな間違ったことを言うんだわ！　あの痣さえ見れば、パトリックもそこの男たちもみんな気味悪がって逃げ出すにきまってるんだから‼）

リーゼロッテは今すぐマルゴットに飛び掛かって化粧を拭い、痣を露呈してやりたい衝動に駆られる。しかしそんなことをしたら自分のほうが頭がおかしいと思われてしまうだろう。

そのときだった。すぐそばをドリンクのトレーを手にした給仕係が通りかかる。

リーゼロッテはここぞとばかりに彼の足を引っかけた。よろけた給仕係のトレーから酒の入ったグラスが雪崩を起こし、その場にいた者たちの服を濡らす。

「きゃあっ！」

あまり背の高くないマルゴットは顔にまで酒がかかってしまった。慌てて顔を押さえたマルゴットの手を、リーゼロッテがすかさず摑む。

「大丈夫、お姉様⁉　ああ、お化粧が落ちて痣が……！」

どんな白粉を使ったのか知らないが、水に濡れればみっともなく落ちてしまうはずだ。

そうすればあの醜い痣が大勢の目に触れると思い、リーゼロッテは心配するふりをして顔を隠そうとするマルゴットの手を強く押さえた。……ところが。

「放して、リーゼロッテ。目にお酒が入りそう」

「……どうして？」

酒を浴びてもマルゴットの白粉は崩れなかった。リーゼロッテは知らなかったのだ。姉が使っているのは遠方の国から取り寄せた、水では落ちない油性の顔料だということを。

何も変化のない額を見てリーゼロッテが目を丸くしていると、ジークフリートの手が肩を摑みマルゴットから強く引き離した。

「大丈夫か、マルゴット」

「はい。けど、ごめんなさい。ドレスを濡らしてしまって……」

「何故謝る。あなたのせいではないだろう」

「けど……せっかくジークフリート様が贈ってくださったものなのに」

ジークフリートに支えられ、ずぶ濡れのマルゴットは広間を出ていった。客たちは何が起きたのだろうとざわついている。

呆然としていたリーゼロッテは、再びパトリックの盛大なため息を聞いて我に返った。

「いったいどういうつもりだ、きみは」

巻き添えを食ってベストを濡らしてしまった彼は、明らかに苛立っていた。リーゼロッテは慌ててハンカチを出して彼の服を拭こうとしたが、その手を冷たく払われてしまう。

「僕は今まできみを誤解していたようだ。わがままなところはあれど、家族思いで明るい女性だと思っていたんだがな」

「な、何を言うの？　私は何も……」

狼狽える妻を無視し、パトリックは青ざめて謝罪している給仕係の頭を上げさせる。

「うちの妻がうっかり足を引っかけてしまったようで、すまなかったね。このことは内密にしておいてくれ」

わざと足を引っかけた妻の悪行の口止めをして、パトリックは肩を怒らせたまま広間から出ていってしまった。普段なら喜んでリーゼロッテに声をかける男性たちもさすがに何かを察し、彼女に近づかない。

ざわつく広間でリーゼロッテは濡れたドレスのまま、ぽつんとひとり立ち尽くしていたのだった。


アントンの城で一泊した翌朝、マルゴットたちは予定通りライムバッハ家の避暑地クベレドルフへと向かい午後には別荘へ到着した。

ジークフリートの所有する別荘は湖のほとりにある。四階建ての水平指向の建物で、左右に伸びた外壁には双子窓が並んでいる。華やかな装飾の建物が主流となる前の時代に建てられたもので、外観は案外シンプルだ。

避暑地として名高いクベレドルフは貴族の別荘やホテルなども建ち並んでいるが、広々とした湖が一望できるライムバッハ家の別荘が間違いなく一番よい場所に建っている。おまけに町のメインストリートからはライムバッハ家の別荘のために直通の道が敷かれており、この町の主であることを示していた。

「素敵……！　こんなに美しい風景見たことがないわ……」

早速別荘の中を案内してもらったマルゴットは、最上階の窓から見える風景に感激の声を上げる。マルゴットは湖というものを初めて見たが、こんなに大きいとは思わなかった。町の半分近い面積があるのではないだろうか、向こう岸が見えない。

水は透き通っていて、日の光を浴びてキラキラ輝き、風が吹くと優しく水面が揺れる。ほとりには季節の花が咲き、水鳥たちが番《つがい》で水浴びをしていた。

湖の東側は小高い山になっており緑豊かな森が広がっている。湖と森に囲まれているせいで空気は清々しく、ひんやりとした風が心地いい。夏なのにこんなに爽やかな場所があるのかと、マルゴットは心の底から感心した。

「ジークフリート様が肩掛けを持っていくように仰っていた意味がわかりました」

「朝晩は肌寒いくらいだからな。油断して体を冷やさないように」

窓から身を乗り出すようにして景色を眺めるマルゴットの肩を、ジークフリートの手が優しく抱き寄せる。マルゴットがご機嫌な顔を振り向かせると彼は愛おしそうに目を細め、「連れてきてよかった」と額にキスをした。

「せっかくの夏季休暇だ、何も遠慮せず楽しみなさい。したいことはあるか？」

「したいこと……。湖をもっと近くで見てみたいです」

「なら遊歩道を散歩しよう。それから湖畔に椅子を用意させるから、お茶を飲みながら読書でもするといい」

「そんな素敵な……！　夢みたい……」

あまりに素晴らしい提案にマルゴットはうっとりと瞳を輝かせる。そして早速支度をすると、ジークフリートと共に遊歩道へと散歩に出たのだった。

美しい景色を眺めて歩きながら、マルゴットは思う。ジークフリートはいつでも優しいが、今日は特に甘やかされている気がすると。

（移動の馬車でもいつも以上に気遣ってくださっていたわ。……ううん、今日からという

より は昨夜から……）

　思いあたる理由はある。彼はきっとリーゼロッテの言ったことを気にして、マルゴットを励ましてくれているのだ。

　昨夜、ドレスを汚してしまってからマルゴットは舞踏会へ戻らなかった。着替えがなかったわけではないが、せっかくこの日のためにジークフリートが用意してくれたドレスを汚したことで気が削がれてしまったのだ。

『少し疲れてしまったから、私はもう床に就きますね』

　アントン伯父夫婦には挨拶を済ませたし、ダンスも十分楽しんだ。もう休んでも構わないだろうと思いそう言ったのだが、ジークフリートをやけに心配させてしまった。

『そうだな、今日はもうゆっくり休みなさい。……マルゴー。彼女が言ったことはもう忘れるといい。今のあなたを見れば誰も過去のことなど気にしない。責められるべきはベーデカー伯爵であり、その仕打ちに加担していた者たちなのだからな』

『え？　は、はい……？』

　マルゴットには、どうしてジークフリートが苦しげな目をして眉を吊《つ》り上げているのかがわからなかった。

　それもそうだろう。マルゴットはリーゼロッテが給仕係の足を引っかけたところを見ていない。ドレスが汚れてしまったのは事故だと思っている。おまけに彼女が暴露した過去を、ちっとも隠したいと思っていなかったのだから。

妹が態度を豹変させて昔話を弾ませたことには驚いたが、そこに悪意が潜んでいたとはマルゴットは気づかない。それどころか、痣が見えなくなり身なりを綺麗にしたので、蔑むのをやめてお喋りしてくれたのだろうかとさえ思っている。

（ああ、でもお父様が私に教育を施さなかったことにジークフリート様は苦言を呈してらしたわ。……そうよね。そのせいでジークフリート様の手を煩わせることになったのだから）

彼が怒っているのはきっとそのことだと思い、マルゴットは恐縮して頭を下げた。

『父が私の教育を放棄したのは確かです。そのせいでジークフリート様にはご迷惑をおかけしました。お詫びのしようもないのですが、せめてこれからも勉強を怠らずよき妻になるよう精進しますので……』

謝罪したマルゴットにジークフリートは目を見開いて、『何故あなたが謝る？』と頭を上げさせた。そして強く抱きしめると、さっきよりもっと苦しそうな声で言ったのだった。

『前にも言っただろう、あなたは何も悪くない。それどころかもっと怒るべきだ』

『怒る？　何にです？』

『生家でずっと不当な扱いをされてきたことに対してだ』

『……私は醜かったから隠して育てられたのは仕方ありません。ジークフリート様も仰ったじゃないですか、美しさは武器だと。私はそれを全く持っていなかったのだから妹や使用人に蔑まれるのも当然です。けど、父を恨んではいません。父は私に本を与えてくれたし、奇妙な縁ですがこうしてジークフリート様の妻にしてくださいました。だから私は誰にも怒っていません』

『マルゴー……』

ジークフリートは悔しそうにギリッと奥歯を噛みしめる。しかしそれ以上マルゴットを説得することはなかった。

『……とにかく今夜はもうゆっくりするといい。俺も伯父上に挨拶をしてきたら部屋へ戻る。……眠かったら先に寝ていて構わないから』

そう言い残してジークフリートは客室を出ていった。マルゴットは彼が戻るのを待ちたかったが自覚していた以上に気疲れしていたらしく、ベッドで本を読んでいるうちに眠ってしまった。

この日は体を重ねることはなかったが、翌朝目が覚めたときにジークフリートは隣で眠っていて、その腕は妻を守るように体を抱き寄せていたのだった。

（もしかしてジークフリート様は私を哀れんでいるのかしら？　だからいつもよりもっと親切にしてくださっているとか？）

湖畔に用意されたテーブルに着きながら、マルゴットはそんなことを思う。考えていたせいか本を開いても、内容がなかなか頭に入ってこない。

（お優しい方だわ。本当に私にはもったいないくらい）

正面の席に座ったジークフリートも、妻に付き合って本を読んでいる。以前勧めた詩集だ。

読書に耽る姿も凛々しいなと思いながら覗き見ていたら、ふと顔を上げた彼と目が合ってしまった。マルゴットは慌てて本に視線を落とすが、小さく笑われてしまう。

「これは珍しい、あなたが本より俺を見つめてくれるとは」

「ち、違うんです。これは偶々《たまたま》……」

本当はジークフリートのことを考えながら見つめていたのだが、それを知られるのはなんだか気恥ずかしくて咄嗟に誤魔化してしまう。

すると彼は手にしていた詩集を閉じ、椅子から腰を上げた。

「俺を見ていたんじゃないのか？」

「違います。目が疲れたから少し顔を上げただけで……本を読んでいました」

「あなたのそのヴァイオレットの瞳は、本の活字しか追っていないと？」

「そうです……」

ひとつ尋ねるごとに、ジークフリートが近づいてくる。テーブルに手をつき体を傾けて顔を覗き込まれ、マルゴットは思わず瞼をギュッと閉じてしまった。

（ど、どうしてそんなに見つめてくるの？　まだ昼間なのに……明るいところで見られると余計に恥ずかしい）

ジークフリートの顔は美しい。濃く長い睫毛はいつだって目に涼しげな影を落としているし、橙色《だいだいいろ》の瞳は白目との境がくっきりしていて琥珀石のようだ。薄暗い寝室でさえこの目に見つめられるとドキドキしてしまうのに、こんなに明るい場所では瞳の魔力に一層捕らえられてしまう。

見つめ返すことができず瞼を閉じたままでいると、手から本が抜き取られた感触がした。思わず目を開いた瞬間、まるで鳥が湖面の魚を狙っていたかのように、素早く口づけられた。

「ん……」

驚いてまん丸く見開いたヴァイオレットの瞳に、琥珀色が映る。

「マルゴー。本ではなく俺を見てほしい」

ジークフリートはマルゴットの顔を両手でしっかり包み、逃げることを許さない。立ち上がることも顔を逸らすこともできず、マルゴットは自分の顔がどんどん熱くなるのを感じながら震える手で彼の手を摑んだ。

「み、見てます。見ましたから放してください」

「もっとだ。本より俺に情熱を傾けてはくれないのか」

「何……を？」

「本より俺を好きになれと言っているんだ」

そんな無茶な！　という言葉はさすがに呑み込んだ。

マルゴットにとって本は人生そのものだ。それを超える存在などないと思っていた。ましてや彼への恋心に必死に抗っている今、心を揺さぶるような命令はやめてほしい。

「ジ、ジークフリート様のことは誰より尊敬してお慕いしております」

「そうじゃない。あなたの夫にこの世で一番の愛を誓ってくれ。それともあなたは俺のことが嫌いなのか？　男として愛せないと、これっぽっちも胸ときめかないと言うのか？」

「う、うぅ……」

何故突然こんなことを言いだすのかと、マルゴットはこめかみに汗を流しながら思う。

もっとも、ジークフリートは常々妻からの愛の言葉を望み日夜初恋の少年のように胸を焦がしていたのだが、当然マルゴットが知る由もない。

心臓がこのうえない加速を始め頭が完全に熱くなってしまったマルゴットは、まともに思考が巡らずついに本音を吐露した。

「私は……恋なんてしたくないんです！　あなたが嫌いだからではありません、私が恋愛の舞台に相応しくないからです。恋はするものではなく読むものだとずっと思ってきました。私にとって恋をして胸ときめかせ愛を囁き合うのは小説の主人公で、私ではないんです」

常人には理解し難い理論を展開したマルゴットに、ジークフリートは言葉を失くし眉根を寄せる。それから小首を傾げ「何故？」と短く尋ねた。

「だって……私の世界はずっと本の中だけだったから……。私は物語の観客なんです。観客は舞台に上がってはいけません」

声を震わせて答えると、ジークフリートはしばらく口を噤んだ。もしかして呆れられたのだろうかとマルゴットが思った瞬間、彼は慈しむような、少し悲しげにも見える笑みを目もとに浮かべた。

「そうか……あなたはまだ現実を生きるのが怖いのだな」

小さく呟かれたそれは彼が自分の考えを零した独り言だったのだろう。けれどマルゴットは彼の言葉を聞いて納得する。驚くほどストンと腑に落ちた。

（……私が、現実を生きる）

手に入らない幸福もぬくもりもときめきも、全ては本の世界のものだと思っていた。そう思い込んできたから、マルゴットは何も持たない自分を悲観することなく生きてこられた。しかし現実に甘美な果実があることを知ってしまえば、マルゴットは二十年間の人生が空虚だったことを認めなくてはならない。

自分はそれが怖かったのかと、マルゴットはジークフリートの言葉で初めて気づかされた。

「……怖いのかもしれません。どんなに美しく飾り立てていただいても、私は私ですもの。醜いマルゴットが小説のような光り輝く舞台に立って、その惨めさが露になるのが……きっと私は怖いのです」

自分で言葉にしてみると、心の奥底に隠された本音がポロポロと零れた。胸がキリキリと痛いのはきっと、醜いから当然と受け入れてきた環境を惨めだったと認めたからだ。

「マルゴー」

ジークフリートは手で包んでいた頬を何度も撫で、それから幼子を慰めるように頭を撫でた。

「大丈夫、怖くない。あなたは過酷な環境で生きてきたが惨めではない。その心も姿も気高く、俺にとって誰より美しい。あなたは光り輝く舞台に立つ資格がある」

優しい口づけを受けとめながら、マルゴットは今なら彼が何故父やリーゼロッテに怒っていたかが少しわかった気がする。

(きっと、怒ってよかったんだわ。私は私を粗末にされてきたことに、もっと怒って悲しんでもよかったのかもしれない)

狭い地下でひとりぼっちだった過去の自分を思って、ぽろりとひと粒涙が落ちた。

本の世界で生きてきた自分を不幸だと思ったことはない。けれど痣があるというだけでマルゴットの本質を見ようともせず、現実の世界を奪われ続けたことは不幸だと思ってよいのだと初めて気づいた。

ジークフリートはそれを親指で拭い、涙の跡に口づける。

「ここはもう地下ではない、目の前に広がる美しい世界はあなたの瞳に映る現実だ。あなたの人生はあなたが主役だ、誰にも憚《はばか》ることなく生きればいい」

彼の手に触れるマルゴットの指先が震える。現実という舞台に上がることが、まだ少し怖い。

「私は……美しいですか？」

美しさは武器だ。生まれつき醜かった故にそれを持たなかったマルゴットは、敗者として地下に閉じ込められてきた。その自分に主人公として生きる強さがあるのか、教えてほしい。

ジークフリートは答える。一片の偽りもない、真摯な声で。

「美しい。何より、その魂が」

マルゴットはその瞬間、視界が明るく開けたように感じた。光差す舞台の真ん中へ、彼に手を引かれ躍り出たような気分だった。

まるで今まで読んできた数多の恋愛小説の主人公たちが一斉に拍手をしてくれるような心地で、うっとりと頬を薔薇色に染める。

（私も恋をしていいのだわ）

マルゴットは自分から首を伸ばし彼に口づけると、今までで一番煌《きら》めく笑顔を浮かべた。

「愛しています、ジークフリート様」

人生で生まれて初めて、恋という名の幕が上がる。夏の日差しを反射する湖も、白い羽の水鳥も、清々しい青空も、人生の主人公となったマルゴットの輝きには敵わない。

湖畔には程よい日陰を作るため楡《にれ》の木が植えられている。

その中の一番大きな木陰に、ジークフリートは抱きかかえてきたマルゴットの体を横たわらせた。

「あ、あの？　待ってくださいジークフリート様」

「待たない」

厳格な性格の彼は、情交とは暗い寝室ですべきものだと考えてきた。昼間や外でまぐわうなど、まるで獣のすることだと蔑んでさえいた。

しかし燃え上がった愛の前では常識など無意味だと知る。

「もっと言ってくれ、マルゴー。俺への愛を」

戸惑っているマルゴットに貪るような口づけをしつつ、ジークフリートはねだる。あまりに激しい口づけのせいで、彼女の小さな顎はもう唾液でびしょびしょだ。

「あ……愛しています、ジークフリート様」

「もっとだ」

「あい、んむっ……ん、ぅ……っ、これでは言えません……！」

初めて妻から『愛してる』と言われたジークフリートは、己の中で荒れ狂う情熱と欲に翻弄されていた。理性には人一倍自信があったが認識を改めなくてはならない。

ずっと一方通行だと思っていた気持ちが報われたどころか、マルゴットはなんともいじらしくて切ない理由で恋心に抗っていたのだ。哀れに思う気持ちは止められない庇護《ひご》欲になり、彼女を生涯守り幸せにすると全身全霊で誓わずにはいられない。

そしてそれ以上に、初めての恋をして勇気を出して心を開いてくれた妻のことが、気が触れそうなほど愛おしくて仕方なかった。

「可愛いマルゴー。俺が必ず幸せにする」

「あ、あっ……も、もう十分幸せです……っ」

激しい口づけをしてきたジークフリートは、今度はマルゴットの耳や首筋を吸いながら片手で胸を撫でさする。広く開いたドレスの襟ぐりに手を入れれば、豊かな谷間を覗かせていた胸がたやすくまろび出た。

「や……っ、こ、こんなところで」

ここはライムバッハ邸の私有地で辺りには誰もいないとはいえ、さすがに外で乳房を出すのは恥ずかしい。しかも空には陽が燦々《さんさん》と照っているのだ。薄暗い寝室とは違い、淡雪のように真っ白な双丘も淡く色づいた胸の実もはっきりと見える。

しかし隠したいマルゴットとは反対に、ジークフリートは目に焼きつけるほど見つめ嘆息する。

「俺は何故もっと早くあなたを明るい場所で抱かなかったんだ。何故こんなにも美しい体を夜の闇の中でしか抱かなかったんだ」

そんな後悔を口に出してしまうほど、彼は妻の柔肌に魅入られていた。

「あっ、あぁんっ」

薄紅色の乳頭をしゃぶられ、マルゴットは体を震わせる。毎夜のように繰り返された情交のせいで、随分敏感になってしまった。

吸われながら舌でねっとりと転がされると、胸の実はたちまち硬くなる。ジークフリートが口を離すと唾液を纏った胸が日の光に晒され、美しくも濫《みだ》りがわしく目に映った。

多くの石像や裸婦画を所有するジークフリートでも、こんなに美しい乳房は見たことがないと思う。

マルゴットは人並みより大きな胸を有している。柔らかく真っ白で、乳暈《にゅううん》の色も薄い。男性と全く縁のない人生を歩んできたのに、多くの男性が理想とするような乳房を持っているという事実は、ジークフリートの隠された欲を剝き出しにした。

「あなたは少女のように純粋で恋を覚えたばかりなのに、体は成熟して甘い果実のようだ。……たまらないな。あなたを独り占めできる俺は、きっと世界で一番の果報者だ」

ジークフリートは大きな手でたわわな胸の肉を捏ねながら、勃ち上がった乳頭を唇で食み、軽く歯を立てた。強い刺激にマルゴットの体がビクンと跳ね、痺れるような快感が全身に広がる。

「っは、あぁん……、駄目です、ジークフリート様……こんなところでそれ以上しては……」

自分の下肢の間が湿ってきたのを、マルゴットは感じる。これ以上刺激を与えられたらすっかり脚を汚してしまうだろう。

するとジークフリートはマルゴットを立ち上がらせ楡の木に手をつかせると、後ろからスカートとペティコートを捲り上げた。

スカート型の下着であるペティコートを捲れば、女性の秘所は露になる。日の光の下で胸を出してるだけでも恥ずかしいのに最も秘めるべき場所までさらけ出されて、マルゴットは「きゃあ！」とスカートを手で押さえようとした。

しかしその前にジークフリートは剝き出しになった尻を両手で摑み、谷間に顔をうずめた。舌を伸ばし秘所を愛撫され、マルゴットは背をしならせて喘《あえ》ぐ。

「あ……いや、ぁ……っ」

快感で足に力が入らない。体がくずおれないようにするには、両手で木の幹にしがみつくしかなかった。

すでに潤っている秘裂を、ジークフリートの舌が割って侵入してくる。ピチャピチャと卑猥《ひわい》な水音が聞こえ、マルゴットは羞恥に顔を赤くした。

「駄目っ、駄目ですジークフリート様……！」

その場所を愛撫されたのは初めてではないが、当然それは夜の閨でのことだった。こんな明るい場所で舐められたら、恥ずかしい場所が全て見られてしまう。しかも蜜が溢れていることまで知られてしまって、マルゴットは逃げだしたいほどの羞恥に襲われた。

「あぁ、駄目……、駄目なのに……んっ」

しかしジークフリートは尻の柔肉をしっかり摑んで放さない。妻の感じやすい場所を丁寧に舐め、ますます蜜を溢れさせる。

「あ、あぁあ……」

熱く嘆息し、マルゴットは尻を突き出し背を反らせて絶頂を迎えた。目尻には涙が浮かび、息が弾む。

（私ってばこんな場所で達してしまったわ……。なんて慎みがないの……）

はしたない自分を恥じたが、自省している場合ではない。息が整う間もなく、まだヒクつく花弁に熱い雄芯をあてがわれたのがわかった。

「ジ、ジークフリート様……⁉」

止める言葉を吐く前に、ズプンッと蜜孔に太い肉塊が突き入ってきた。マルゴットは甲高い声を上げて、白い喉を仰け反らせる。

「ああ、マルゴー……」

ひとつになった愉悦に、ジークフリートも呻《うめ》き声を上げた。

彼は大きな手で味わうように白い尻を撫で回し、卑猥な水音を立ててゆっくりと腰を動かす。

「あなたの全てが愛しい。心も、髪も、顔も、体も、俺を包んでいるこの中さえも」

いきり立っている彼の雄芯がいつもよりさらに硬く漲っている感じがするのは、気のせいだろうか。

まるで熱い鉄の棒のようなそれに穿たれ、マルゴットは「あっ、あっ、あっ」と短い嬌声を上げ続ける。

「マルゴー、心から愛してる」

ジークフリートがそう告げると全身が総毛立つような多幸感に襲われ、マルゴットの蜜道は勝手に彼の雄竿を締めつけた。

それを感じたジークフリートがマルゴットの上半身を伸ばすように後ろから抱きしめ、胸を揉みしだきながら耳もとで囁く。

「嬉しいのか？　あなたの中が俺をきつく締めつけて悦んでいる。嬉しいのなら何度でも言ってあげよう、愛している」

「は……っ、あぁあっ」

甘く掠れた声で愛の言葉を耳に注ぎ込まれ、マルゴットは再び小さな絶頂を迎えてしまった。頭が朦朧として、羞恥に抗う思考が薄れていく。

「あなたも言ってくれ、俺を愛していると」

「あ……愛しています。愛しています、ジークフリート様、ぁ……っ。世界で誰よりもあなたが好き……！」

今まで抑えつけてきた想いを解放すれば、愉悦はさらに膨れ上がった。心と体の全てに彼の愛が染み渡るようで、感動さえ覚える。

降り注ぐ光の下で結んだ体は、今までの同衾よりもずっと気持ちよかった。

彼の熱い精が体の奥で放たれたのを感じながら、マルゴットは最上の幸福を嚙みしめる。

(私は生きているのだわ。この心と体で、現実という世界を)

目尻に涙を浮かべ顔を振り返らせ、ジークフリートにキスを求めた。彼は優しくそれに応え、もう何度目かもわからない「愛してる」を告げる。

「私も、愛しています」

抱きしめられながら空を仰ぐと、清々しい夏空が見えた。

マルゴットは自分の世界が始まったこの感動を忘れまいと、鮮烈な景色を目に焼きつけた。

# 第四章　冬の夜に

季節は瞬く間に流れ、マルゴットがライムバッハ邸へ来て初めての冬を迎えようとしていた。

「ええと、アントン伯父様に、ペーテルゼン侯爵に、ユンガー伯爵。キンケル市長に高位役人の方々、シュレマー伯爵夫人と……」

夜もすっかり更けた二十三時。マルゴットは私室で執務机に向かい頭を抱えてウンウンと唸《うな》っている。

「ああ、駄目だわ。またわからなくなっちゃった。もう一度やり直し」

机に積んである分厚い貴族名鑑を開き、マルゴットは何度も音読してはページを閉じ諳《そら》んじた。

「ペーテルゼン侯爵は北の大都市の領主で元クータニア帝国大使で、シュレマー伯爵は銀行を……あら、違ったわ。ユンガー伯爵だったかしら」

すっかり頭がこんがらがってしまって、「ああ、もう！」と焦れた声を出す。窓の外では冷たい風がヒュウヒュウと吹いていたが、マルゴットはそれに負けないくらい盛大なため息をついた。

ロイス夫人が差し入れてくれたココアは、机の隅ですっかり冷めてしまっている。マルゴットはそれを飲み干すと気合いを入れ直して、再び貴族名鑑を開いた。

そのときだった。

「マルゴー。入るよ」

ノックの音と共に扉が開き、入ってきたのは寝間着の上にガウンを羽織ったジークフリートだった。

マルゴットはハッとして時計を振り返り、夫婦の寝室へ行く時間が過ぎていたことに気づく。

「ごめんなさい。私ってばうっかり……」

慌てて椅子から立ち上がろうとしたところを、ジークフリートが片手を上げて「そのままでいい」と示す。彼は机の前までやって来ると、労《ねぎら》うようにマルゴットの頭を撫でた。

「晩餐後からずっと勉強していたのか。あなたは本当に勤勉だな」

褒められたというのに、マルゴットは肩を落とし拗ねたように唇を尖らせる。

「違います。本当は二時間前に終わりにして読書をしようと思ってたんです。けどお客様の名前と領地と役職と親類がちっとも覚えられなくて……」

季節はまもなく冬、本格的な社交シーズンだ。マルゴットはすでにジークフリートと共に幾つかの舞踏会や夜会に出席した。しかし辺境伯夫人ともなれば招かれるばかりではない。女主人として屋敷に客を招き、宴を取り仕切らねばならないのだ。

今月の末にライムバッハ邸では夜会が開かれる。招待客はジークフリートが決めてくれたが、ホストであるマルゴットは客全員の情報を暗記しなくてはならない。

貴族というのは複雑なものだ。名前の他に領地や役職の肩書がつくだけでなく、血縁関係がどうなっているかも重要である。貴族の爵位は上から順に公・侯・伯・子・男というのが一般的だが、役職や血縁関係によっては微妙に力関係が逆転したりする。

ジークフリートがまさにそうだ。爵位こそ伯爵位だが、代々国境を守ってきた領邦君主であり、選帝侯の伯父を持つ彼の立場は貴族界に於いて強い。一般的な伯爵以上、場合によっては侯爵と同等くらいの扱いになる。

社交界に出て人と交流するからには、最低限頭に入れておかねばならない情報だ。

今までは招待される側だったので挨拶と軽い相槌《あいづち》程度で済んでいたが、招く側の女主人ともなればそうはいかない。結婚して間もないお披露目のときはジークフリートが取り仕切ってくれたが、さすがに今回はそうもいかないだろう。女主人として招待客ひとりひとりに声をかける義務がある。

しかも暗記するのはそれだけではない。貴族に派閥はつきものだ。皇族の派閥に外交の派閥、宗教や政治絡みの派閥等々。見誤っては迂闊《うかつ》に敵を作りかねない。

幼少の頃から貴族社会に慣れ親しんでいればある程度は自然と耳に入ってくる情報だが、マルゴットは社交界に出てまだ一年と経っておらず新人もいいところだ。

ひとまず今回の招待客四十人ほどの情報を頭に叩き込もうと数日前から格闘しているが、ゼロからのスタートはなかなか厳しい。特に血縁関係は付随する情報がたくさんあるので、実質百人以上もの人物を覚えなくてはならなかった。

おまけに昼間は昼間で、古典と哲学と芸術、流行などの座学も受けているのだ。脳みそに新しい情報を詰め込むのもそろそろ限界である。

「知恵熱が出そうだわ……」

額を押さえて独り言ちるマルゴットに、ジークフリートは眉尻を下げて微笑みながら頭を撫でる。

「あまり無理をするな。当日は俺がずっとそばにいて、あなたを支える」

甘やかしてくれる夫の言葉に頼りたくなるが、マルゴットは表情を引き締めると「いいえ！」と彼を見上げた。

「立派な女主人になってみせます、私はライムバッハ夫人なので！」

きっぱりと言いきった妻にジークフリートは目を丸くしていたが、マルゴットは凛々しく眉を吊り上げる。

「ご心配なく。あなたの妻はきっとやり遂げてみせます」

正直なところ、貴族名鑑の暗記は大変だ。活字が得意なマルゴットでさえ頭がこんがらがってくる。しかしひとつも投げ出したいとは思わないのは、自分がジークフリートの妻だからだ。

名士の妻として相応しい教養を身につけたい、彼の顔に泥を塗ることだけはしたくない。そのためならばどんな苦労にだって耐えられる。むしろ喜んで挑んでやろうと思えるのだ。

虚勢ではなく心から意欲を燃やすマルゴットを見て、ジークフリートは表情を和らげる。そして頭を撫でていた手を離し、代わりに彼女の手を取って甲に口づけた。

「勇敢な妻を持って、俺は幸せ者だ」

この日は夫婦の寝室には向かわず、ジークフリートは深夜まで妻の勉強に付き合ってくれた。そしてマルゴットが机に向かったまま舟を漕ぎだすと体を抱いてベッドまで運び、その隣に自分も寄り添って眠ったのだった。

約ひと月ほどの猛勉強のおかげで招待客の情報を完璧に頭に叩き込んだマルゴットは、自信満々で夜会の日を迎えた。

客の情報だけではない。ジークフリートのアドバイスを受けながらだが、料理から広間のセッティングまで、マルゴットが主体となって指示をした。ドレスと装飾品も今回は自分で選んでみた。

今までジークフリートに頼りっぱなしだったが、マルゴットはようやく貴族夫人として自立できたような気がする。今日は祝福すべきその第一歩となる……はずだった。

人生に万端の準備はない。不備はないと思っても、何が起きるかわからないものである。

「旦那様、緊急のご連絡が……！」

青ざめた顔をして広間へ飛び込んできたのは侍従長のマイヤーだった。

招待客が到着する一時間前の午後五時。ジークフリートとマルゴットは広間で最終チェックをしていた。

「どうした」

すかさず尋ねたジークフリートに、マイヤーは声のトーンを低めて話す。

「アントン様の馬車が山道の土砂崩れに巻き込まれたそうです。お怪我はないそうですが、道が埋もれて身動きが取れないと」

告げられた報告に、ジークフリートもマルゴットも顔を青ざめさせた。

「すぐに行く」

ジークフリートはそう言って扉を出ようとし、ハッとして足を止め振り返った。葛藤を滲ませた夫の顔を見て、マルゴットはわざと強気に胸を張る。

「夜会のほうはお任せください、必ず成功させてみせます！　ですからジークフリート様は急いで伯父様のもとへ向かってください。どうか伯父様と奥様をご無事に……！」

両親が他界しているジークフリートにとって、アントンは一番近しい血縁者だ。交流も深く精神的にも頼れる存在だろう。そんな伯父の危機に夫を駆けつけさせない理由が、マルゴットにはなかった。

ジークフリートは僅かに躊躇いを見せたがグッとこぶしを握り込むと「すぐ戻る。……頼んだ、マルゴー」と告げ、マイヤーにマルゴットの補佐をするよう命じてから屋敷を飛び出していった。

彼が出ていった扉を見つめながら、マルゴットは心臓が煩くなっていくのを感じる。

今日までの努力と成果で自分は自立したと感じていたが、まさか独りになってしまうなんて予想外だ。彼を送り出したことに後悔はないが、不安が募るのはどうしようもない。

（大丈夫、落ち着いて。まずはお客様にジークフリート様がいらっしゃらないことを説明してお詫びして……）

夜会にホストがいないのは前代未聞だが、身内の緊急事態では仕方がない。それにアントンは今日の招待客でもあり、中でも一番地位が高い。彼の救出にジークフリートが向かったことを、誰も批難したりはしないだろう。

あとは残されたマルゴットがどれだけ客をもてなせるかである。

アントンたちに怪我はないと言っていた。道が開き次第すぐに屋敷に来るだろう。ならばあまり神妙な雰囲気になってしまうのも避けたいところだ。

（遠方から来てくださる方もいるんだもの。精一杯おもてなしをして楽しんでいただかなくっちゃ）

マルゴットはひとつ深呼吸をすると、気合いを入れて背筋を伸ばした。ライムバッハ夫人に猫背は似合わない。

「マイヤー卿、ロイス夫人。まもなくお客様がお着きになります。女中たちに客室の最終確認を。男性で手の空いている者には広間のシャンデリアに灯りをつけさせて」

「かしこまりました、奥様」

女主人の命令を受けたふたりは、すぐさま部下に指示を出しにいく。

顔を上げ自分のすべきことを冷静に受けとめているマルゴットの姿からは、初めて屋敷にやって来たときの怯えていた面影が微塵も感じられなかった。

夜会の開催時間になると、ライムバッハ邸の敷地には続々と高級な馬車が停まりだした。マルゴットは玄関ホールでひとりひとりを手厚く出迎え、ジークフリートがこの場にいないことの非礼を詫びた。

しかし誰ひとりそのことを責める者がいなかったのは、ひとえにジークフリートの人望だろう。それどころか誰しもアントンと彼の無事を心配し、たったひとりでこの場を仕切らなければならないマルゴットにまで気遣ってくれた。

「ライムバッハ夫人。ご主人と伯父君のことを思えば、さぞかし気が気ではないだろう。無理をなさらないように」

「そうですとも。どうぞ私どものことはお気遣いなく。今日お招きくださったのは、皆ジークフリート様の古くからの顔馴染みばかりです。放っておいても勝手に料理と酒を楽しみ、彼の帰りを待ちますよ」

「ペーデルゼン侯爵、ユンガー伯爵、温かなお心遣い痛み入ります」

人々の優しい励ましにマルゴットは心から感謝した。けれどそれに甘んじるつもりはない。

「ではどうぞ広間でお寛ぎください。ペーデルゼン侯爵のお好きな西国産のワインも、ユンガー伯爵のお好きな雉《きじ》料理もご用意してありますので。奥様方には、うちの料理人が作った西洋スモモのケーキを是非召し上がっていただけたら嬉しいです」

マルゴットはこの日のために準備した料理や酒、話題で存分に客をもてなした。広間で流れているピアノもそうだ。流行に聡いゲストのため、王都で人気の作曲家を呼び新曲を弾いてもらっている。

テーブルに飾る花から壁に飾る絵まで、ゲストに心地よいと思ってもらえるよう尽くした。そのせいか、初めはジークフリートが気がかりでどこか落ち着かなかった客たちも、次第に料理や会話を楽しんで寛ぎだしたのだった。

（よかった、和やかな雰囲気になってきたわ）

夜会が始まって三時間が経った、夜の二十一時。広間ではあちこちで会話が盛り上がり、テーブルではカードゲームに興じている者もいる。ひと通り挨拶を済ませたマルゴットも公平に会話に加わり、まさに宴もたけなわになってきた頃だった。

新しい馬車が到着したとマイヤーが報せにきて、マルゴットは慌てて玄関ホールへ出迎えにいった。

「アントン伯父様たちがお着きになったの？」

てっきり道が開けて伯父たちの馬車が到着したのかと思ったマルゴットだったが、マイヤーは「いえ、そうではなく……」と口を開きかける。そのとき玄関の扉が開き、金糸刺繍の派手な三つ揃いを着た男性が入ってきた。

年は二十代後半くらいだろうか。ジークフリートに負けず劣らない高身長のその男性は、癖のある長い金髪を後ろでまとめ、やや目尻の下がったなんとも甘いマスクをしている。一見とても上品そうだが、マルゴットの姿を見ると口角を思いきり持ち上げなんとも胡散《うさん》臭さが増した。

「よ、ようこそいらっしゃいました」

挨拶を口にしながら、マルゴットは戸惑う。今夜参加予定の招待客は、アントン夫婦以外全員揃ったはずだ。この男性が誰だかわからない。

（ええと、ええと、どなたかのご子息かしら）

彼はひとりで来たようで、連れの女性もいなければ従者もいない。

マイヤーが彼に向かって折り目正しく礼をし「奥様。こちらは――」と小声で言いかけたときだった。

「初めまして。僕はラインダース侯爵アロイスだよ。きみが噂の白百合か。お会いできて光栄だ」

そう名乗って彼は両腕を広げマルゴットにハグをした。

驚いて固まっているマルゴットの背をまるで旧友のようにポンポンと馴れ馴れしく叩き、ついでに頬にキスまでしていく。

「僕はジークの友人なんだけどね。外遊から三年ぶりに帰ってきたら、彼ってば僕に相談もなく結婚してるっていうじゃないか。しかもその花嫁は謎に包まれた深窓の令嬢だとか。これは見にいかねばと駆けつけてきたってわけさ」

いきなりのハグとキスの衝撃でポカンとしているマルゴットに構わず、アロイスはツラツラと喋る。そしてマイヤーを見て「だよな？」とウインクした。

「……はい。こちらは旦那様のご友人のラインダース侯爵でございます」

マイヤーはなんだか複雑そうな表情をしつつも、彼の言葉に同意した。

ようやく我を取り戻したマルゴットは（ラインダース侯爵……？）と心の中で小首を傾げる。

（貴族名鑑にそんな名前載っていたかしら？　ラインダース……もしかして属国に領地を持つ方？）

爵位と領地はひとりひとつとは限らない。大抵は一番地位の高い爵位を名乗るものだ。

（やっぱり貴族社会は複雑だわ。あとで貴族名鑑を確認しなくちゃ）

なんだかよくわからないが、とりあえずマイヤーが認めるのだから怪しい人物ではないのだろう。快活で少々馴れ馴れしい彼がジークフリートの友人だとは俄《にわ》かには信じ難いが、マルゴットはひとまず彼を広間へ案内しようとした。

「申し訳ございません。主人は今、アントン伯父様を……」

「ああ、さっき馬車を出迎えた従者に聞いたよ。留守なんだってね。まあじきに帰ってくるだろ。それまで待たせてもらおうかな」

「でしたら広間のほうへどうぞ。今日はちょうど夜会を開いてまして。お料理もお酒もたくさん用意してあります、一緒にお楽しみください」

「いや、夜会は遠慮しとくよ。応接間がいいな、ジークはいつもそこで僕の相手をしてくれるんだ」

「は……はあ」

なんとも自由奔放な彼に、マルゴットは完全に気圧される。

まだ女主人としてデビューしたばかりのマルゴットは、傍若無人ともいえるアロイスの振る舞いに、どう対応していいかわからない。

「案内しておくれ、白百合の奥様」

近づいて顔を覗き込まれ、思わず一歩後ずさる。

「あの、侍従が案内を……」

「きみがいい。少し話し相手になってほしいんだ」

マルゴットは困ってしまう。ホストの自分がいつまでもお客様を放ったらかしておくことはできない。

そんな戸惑いを察したのか、アロイスは「ああ、客たちなら大丈夫」と微笑んでみせた。

「マイヤー卿、広間の客たちに伝えておいてくれ。『ラインダース侯爵が訪ねてきたので、ライムバッハ夫人が相手をしている』って」

「え？」

どういうことだろうとマルゴットは目をしばたたかせる。確かに彼は侯爵位なので客たちのほとんどより地位が高いが、だからといって女主人を独占して許されるほどではない。それなのにマイヤーは渋い顔をしつつも「承知しました」と広間へ向かっていく。ますます意味がわからない。

ひたすら混乱していると、アロイスはさっさと応接間へ向かって歩きだし、振り返って「ほら、早く」などと手招きしてくる。これではどちらがこの屋敷の主人かわからない。勝手知ったる他人の家とは、まさに今この状況だ。

マルゴットは広間をチラチラと気にしつつも、仕方なくアロイスのあとについていった。

「確かベーデカー伯爵家の長女だっけ。お父上は元気かい？　もう随分顔を見ていないや、五年前の王宮舞踏会が最後かな」

アロイスは応接間の寝椅子にどっかり座り、ひじ掛けに体を凭れ掛けさせる。いくら主人の友人とはいえあまりに無遠慮だが、無防備に寛ぐ姿には妙な色香が漂っていた。

(お父様のことをご存じなのね。きっと顔が広い方なのだわ)

そう推測するが、ならば何故貴族名鑑でその名が目につかなかったのか疑問だ。いったいどのような立場で、誰とどんな繋がりがある人物なのだろう。

「はい、元気にしております」

ベーデカー伯爵は今やちょっとした話題の人物だ。なんといったって娘をふたり、辺境伯と公爵という国内でも上位の良家に相次いで嫁がせたのだから。しかもマルゴットは深窓の令嬢としての評判も高い。あちこちの夜会や舞踏会で鼻高々に娘自慢をしているらしい。

……ただし、さすがにジークフリートには合わせる顔がないのだろう。なんだかんだと理由をつけてはライムバッハ夫妻が参加する夜会などを避けている。

おかげで輿入れで家を出て以来一度も会っていないが、虚実入り混じっている娘自慢をしていることだけは噂で聞いたので、元気にやっているのだろう。

「きみは結婚するまで全く社交界に顔を出さなかったそうだけど、何故？　お父上が溺愛するあまり屋敷に閉じ込めて外に出さなかったという噂は本当かい」

「え、ええと」

この質問は時々されることがあるが、いつもマルゴットはどう答えればいいか言葉に詰まってしまう。醜いから地下に閉じ込められていたというのが真実だが、それを暴露するのが果たしてライムバッハ夫人として正しいのか、最近では疑問に思っている。『辺境伯の奥方は地下暮らしのバケモノだった』という噂が流れるのは、ジークフリートの評判に傷がつくのではないだろうか。

だからといって父を庇うような嘘をつくのも、なんだか癪《しゃく》である。父は溺愛どころかマルゴットに一度たりとも微笑んでくれたことがなかったのだから。

葛藤した挙句、答えに窮したマルゴットは曖昧に微笑むことしかできない。今まではこの手で躱してきた。

するとアロイスは青色の瞳でジッとマルゴットを見つめてくる。フワフワとして掴みどころのない人物だと思っていたが、見つめてくる瞳は眼力が強い。まるで心の中まで見透かされてしまいそうだ。

「……」

妙な緊張感が湧き、マルゴットは唾を呑み込む。すると彼は見つめていた目をキュッと細め、明るい笑顔になって寝椅子に頬杖をついた。

「まあ聞くまでもないかな。ベーデカー伯爵は自慢の娘を隠しておけるようなタマじゃないしね。自己顕示欲の強い彼が隠したいのは、自分の評判を落とすものだけだろうね」

鋭く核心をついてきたラインダースに、マルゴットは驚きながら小さく頷く。

「私は醜かったので外に出ることが許されず……貴族夫人として育ててくださったのは、全てジークフリート様です」

彼に嘘は通用しない気がして、マルゴットは素直に自分の境遇を話した。アロイスは目を二、三度しばたたかせると「へえ」と感心したように声を上げる。

「じゃあきみを磨き上げたのはジークってことか、やるねえ。女性に興味なんてないような顔して、とんでもない手腕を隠してたもんだ。長年の友人の僕でさえ知らなかったよ」

そして寝椅子から体を起こすとテーブルに手をつき身を乗り出して、マルゴットの顎を指先で掬《すく》った。

「原石を己の手で最高級のダイヤに磨き上げて愛でるとは、なんとも羨ましい。男の夢だ」

「あ、あの」

再び青い瞳がマジマジと見つめてくる。しかしさっきとは違い、今度は挑むような誘惑の色が浮かんでいた。

「アラバスターのような白肌、アメジストの瞳、唇はルビー、髪は銀糸。きみは貴石でできた人形かい？　……ジークは馬鹿だね、こんな宝物を置いて屋敷を空けてしまうなんて。僕のように美しいものに目がない男が放っておくはずがないのに」

アロイスは顔だけでなく声まで甘い。少々気障な癖はあるが、媚薬のように甘ったるい声で褒めそやされたら、ほとんどの女性がうっとりと酔ってしまうだろう。

マルゴットはうっとりするようなことはなかったが、それでもなんだか身の危険を感じて、掬われていた顎を引いた。

「お褒めくださってありがとうございます。全てはジークフリート様のおかげです」

誘惑を躱したマルゴットに、アロイスはフッと小さく噴き出すと身を引いて寝椅子に座り直した。

「そう警戒しないで大丈夫だよ。友人の新妻に本当に手出しはしないさ」

彼と距離が開いて、密かにホッとする。

マルゴットはジークフリート以外の男性に口説かれたことがない。人前に出るときはいつも彼が隣にいてくれたので、不埒《ふらち》なちょっかいをかける男性がいなかったのだ。そのせいで自力で誘惑を躱す術も知らないが、そもそもアロイスが口説いていることに気づいていない。ただ間近で見つめられ続けるのはどうにも心地が悪かったので、解放されてよかったと思う。

「ラインダース卿はジークフリート様とどこでお知り合いになったのですか？」

彼にペースを握らせるとどうも調子が狂うので、今度はマルゴットのほうから話題を振ることにしてみた。しかし。

「そんな話はどうだっていいよ。それより僕はもっときみのことが知りたいな。好きな花は？　コーヒー派？　ココア派？　それとも紅茶派？　休日の過ごし方は？」

あっさりアロイスに主導権を握られてしまい、マルゴットは面食らった。

（この方、私の話題ばかり。……本当にジークフリート様のご友人なのかしら。言ってはなんだけど、無遠慮であまりジークフリート様と気が合うようには見えないわ）

訝しむものの、マイヤーが認めていたのだから嘘ではないのだろう。なんだか変だと思いつつ、マルゴットは律儀に質問に答える。

「好きな花は菫です。私が初めてこのお屋敷に来たとき花壇に咲いていて、とても綺麗だったから。飲み物はクリームとアプリコットジャムを加えたココアが好きです。休日はジークフリート様と街へ出かけたり、一緒にお茶を飲んだり……。ひとりのときは本を読んで過ごします」

「ははは、素直だねえ。そんなに真面目に答えてくれるとは思わなかった」

ちゃんと答えたのに笑われてしまって、マルゴットは密かに腹立たしく思う。本当に掴みどころのない男だ、何を考えているのか全くわからない。

「今度きみに会うときは菫の花束を用意するから一緒にお茶を飲もう。本も贈るよ。『恋をした薔薇』って小説は知っているかい？　王都の女性に大人気で手に入らないそうだ。よかったらそれを――」

「知ってます！　『恋をした薔薇』シリーズは一番好きな恋愛小説です！　仮綴本ですが全巻持っています。ラインダース卿はお読みになりましたか？」

たった今まで彼のことを胡散臭いと警戒していたのに、大好きな本の話題を振られて、つい食らいついてしまった。いや、本の話題だけだったら取り乱してはいけないと自制できただろう。しかし大好きな『恋をした薔薇』の話題ともなれば、もう駄目だった。

突然人が変わったように積極的に話しだしたマルゴットに、アロイスは明らかに驚いた顔をしている。それでも「少しだけ……知り合いが持っていたから冒頭だけ読ませてもらったよ」と笑顔を作って返せば、マルゴットは身を乗り出して活き活きと話を続けた。

「冒頭というと一巻の序章でしょうか？　素敵ですよね、ふたりが初めて出会った薔薇園での回想。真っ赤な薔薇の描写が燃え上がる恋心の象徴として描かれていて……それなのにまさか、三章であんなことになるなんて思いもしませんでした。ラインダース卿も是非冒頭だけと言わず、もっと先までお読みになってください。夢中になること間違いありませんから。ジークフリート様も私の勧めで四巻まで読んだんですよ」

「……きみは、よほどその小説が好きなんだね」

「はい、大好きです！　けど好きなのは『恋をした薔薇』だけではありません。詩集や哲学書も好きだし、冒険記なんかも大好きです。最近読んだ『南海海洋記』もとても面白かったです。有名な冒険記だからラインダース卿もご存じですよね？　南海の新大陸を発見した手記で……」

「ちょ、ちょっと待ってくれ。きみの熱意はよーく伝わったから」

気がつくとマルゴットはテーブルを飛び越えんばかりに身を乗り出し、夢中で喋っていた。ハッと我に返り慌てて姿勢を正して、「も、申し訳ございません……」と俯く。

（私ってば！　またやってしまったわ、しかもよりによってジークフリート様のご友人に！）

マルゴットが猛省して顔から火が出そうになったときだった。廊下から足音が近づいてきたかと思うと、部屋の扉がノックもなくいきなり開かれた。

「マルゴット、無事か⁉」

入ってきたのはなんとジークフリートだった。マルゴットはびっくりして跳ねるように椅子から立ち上がると、彼のもとへ駆けていった。

「お、おかえりなさいませ！　ああ、ご無事でよかった。アントン伯父様たちはお怪我はありませんか？」

「ああ、なんともない。今は客間で休んでもらっている。それよりあなたこそ大丈夫か？彼に何もされていないか？」

「え？　はい……」

何故自分のほうが心配されているのか、マルゴットは不思議でパチパチと瞬きを繰り返す。

するとククッと笑い声が聞こえ、振り返るとアロイスがこちらを見ておかしそうに肩を震わせていた。

「いやあ、今日は来た甲斐があった！　ジークのそんな慌てた姿が見られるとはね。すっかり愛妻家になったという噂は本当だったのか、ああ面白い」

ひとりで笑っている彼にジークフリートは苦虫を潰したような表情を浮かべる。

「アロイス、来るなら来ると先に報せてくれ。屋敷の者も客人も皆困惑している」

「きみを驚かせようと思ったんだよ。まさか夜会の途中で、しかもきみが不在だとは思わなかったけど。でもおかげで奥方とゆっくり話せた。マルゴットはとても面白いね。変わり者だ、気に入ったよ」

『気に入った』という台詞を聞いて、ジークフリートはさりげなくマルゴットを背に庇うと鋭い目つきでアロイスを見つめる。

鋭い視線に晒されたアロイスは肩を竦めて笑い、無実を証明するように両手を上げた。

「大丈夫、きみの大事な奥方に手は出さないよ。それに彼女は僕にちっとも興味がないらしい。こんないい男に見つめられるより、本のことを語るほうが百倍は嬉しそうだったよ」

ジークフリートはチラリとマルゴットを見やり、それからフーッと息を吐き出して険しい表情を緩めた。

「マルゴー、一応言っておく。アロイスは美しい女性に目がない稀代の女たらしだ。万が一彼に口説かれるようなことがあったら、耳を塞いでその場から逃げなさい。わかったね」

「は……はい」

そう注意されて、マルゴットは何故彼が帰宅するなり脇目も振らず自分の心配をしにきたのか理解した。おそらくアロイスと妻が部屋にふたりきりだとマイヤーに知らされ、よからぬことが起きていないかと飛んできたのだろう。

「大丈夫です。もし殿方に誘惑されることがあっても、私はジークフリート様しか愛していませんから何も起きません」

ジークフリート以外の男性から好意を寄せられるとは思わないが、彼が心配しないようにマルゴットは告げる。

「……そうか」

短くそれだけ答えたジークフリートはどこか嬉しそうだ。微かに頰が赤らんでいる。

するとふたりを眺めていたアロイスが寝椅子に凭れ掛かり、拗ねたような口調で嘆いた。

「なんか僕がまるで間抜けな悪者みたいじゃないか。酷いなあ。親友とはいえ少しは敬意を払ってほしいね」

「よく言う。マルゴットに『ラインダース侯爵』などと名乗ったくせに」

「そこはほら、奥方には気さくに接してほしかったからさ」

ふたりの話の意味がわからなくて、マルゴットは小首を傾げた。ジークフリートはひとつ咳ばらいをすると、少し畏まってアロイスに手のひらを向ける。

「改めて紹介しよう。彼は俺の長年の友人でもあり――」

夫の言葉を聞いて、マルゴットの表情がみるみる変わる。驚きのあまり顔が蒼白《そうはく》になってしまったが、ふたりに「そんなに萎縮しなくていい」と揃って言われた。

「というわけでよろしく、マルゴット・フォン・ライムバッハ。僕のことは気軽にアロイスと呼んでくれていいからね」

「は、はい。で……アロイス様」

カチコチになりながらも、マルゴットは握手を交わす。アロイスはその手に口づけようとしたが、ジークフリートに横目で睨《にら》まれてあきらめた。

ふたりは少年期に共に勉学に励んだことがある幼馴染なのだという。アロイスは一見軽薄に見えるが向上心が高く、自分の職務に於いては優秀だそうだ。マルゴットは厳格なジークフリートと正反対に見えるアロイスが何故親友なのか、納得した。

「さあて、僕もそろそろ広間に顔を出そうかな。夜会中にいつまでもホストを独り占めしていたら客に恨まれちゃうからね」

アロイスは大きく伸びをすると、そう言って応接間から出ていく。そのあとをジークフリートとマルゴットもついていった。

「マルゴー。俺は客人たちに挨拶をしなくてはならないので、すまないがきみは伯父上夫婦の様子を見てきてくれないか」

広間へ向かう途中そう言われ、マルゴットは「はい」と素直に頷く。

踵《きびす》を返し階段へ向かおうとすると、アロイスが「それじゃあまたね、可愛い変わり者さん」とヒラヒラ手を振ってきた。

軽く頭を下げすぐに階段を上っていったマルゴットは知らない。好奇心を湛《たた》えた青い瞳がいつまでもその背を見つめ、それに気づいたジークフリートが「アロイス、それ以上踏み込むな。俺はあなたの親友をやめたくない」と真剣な声で釘を刺したことに。


時計の針が深夜零時を回る頃、夜会はお開きとなった。

ライムバッハ邸に宿泊していく客もいれば、馬車で帰る客もいる。アロイスは名残惜しそうにしながらも帰っていった。明日は早朝から仕事で忙しいそうだ。

マルゴットとジークフリートは客の見送りをしたり客室に案内したりして、ようやく落ち着いたときには深夜一時を過ぎていた。

「今日はいろんなことがあった一日でした……」

湯浴みを終えたマルゴットは夫婦の寝室で、ベッドに腰掛けホットワインを口にしながら呟く。そんな妻を後ろから抱き竦め、ジークフリートは頬を摺り寄せた。

「よく頑張ったな、疲れただろう。だが客たちはあなたのもてなしをとても喜んでいた。俺がいなくとも立派にホストを務められたあなたは、もう一人前の女主人だな」

褒められたマルゴットはくすぐったい気持ちになり、肩を竦めて「うふ」と笑う。

「全部ジークフリート様のおかげです。今日まで私を育ててくださったのも、何もかも教えてくださったのも、全部」

「謙虚だな。俺が教えたところでそれを糧にしなかったら意味がない。所詮あなたが努力を惜しまなかった結果だ、誇りに思いなさい」

「はい。ありがとうございます」

準備に費やした多忙な日々はもちろん、今日は急なトラブルもあった。決して楽ではなかったぶん、乗り越えた達成感は大きい。

マルゴットは少しだけ自信がついたと思う。ジークフリートの妻として恥じぬ存在になりたいと思ってきたが、一歩ぐらいは理想に近づけたのではないだろうか。

「ジークフリート様」

ニコニコと上機嫌な様子で、マルゴットは彼の胸に凭れ掛かる。

「私、もっと努力してあなたに相応しい妻になります。五年後も、十年後も、その先もずっと。だからこれからも私のそばで、たくさんのことを教えてください」

はにかんで頰を愛らしく染めたマルゴットに、ジークフリートは抱き竦めていた腕に力を籠めると、愛しくてたまらないとばかりに小さな頭に何度も頰を摺り寄せた。

「ああ、あなたはどうしてそんなに可愛いんだ。誰にも渡したくない」

「私は他の誰でもない、ジークフリート様のものです」

「わかってる。けどあなたがあまりにも可愛いと、他の男が手に入れたくなりかねない。いっそ……」

言いかけて、ジークフリートは口を噤んだ。

――深窓の白百合。誤解が生んだマルゴットの異名だが、今は少しだけそれを望む気持ちが湧く。

人目を引かずにはいられない美しい妻。他の誰も近づかないように屋敷の奥深くに隠してしまいたい。そんな欲望が刹那胸をよぎって、ジークフリートは瞼を閉じすかさず自省した。

妙なことを考えてしまうのは、きっとアロイスがマルゴットに興味を示したことに心がざわついたせいだ。己の狭量さと嫉妬深さに気づかされ、ジークフリートは自嘲気味に笑った。

「……いや、なんでもない。明日は客を見送ったあとは街へ出よう。この時期は曲芸団が来ている」

「わあ、楽しみです！」

マルゴットを光溢れる現実の舞台に引き上げたのは俺だと、ジークフリートは自負する。無垢な妻が新しい体験をして見せる表情は、何より愛しい。それなのに再び屋敷に閉じ込めるなど、愚の骨頂である。

恋心の裏に潜むほの暗い欲望に蓋をして、ジークフリートはマルゴットの柔らかい頬に手を添える。

「愛してる、マルゴー」

振り返らせて重ねた唇は、ホットワインの味がした。芳醇《ほうじゅん》な香り、蜂蜜の甘味、そして微かなスパイス。

せわしない一日はふたりを妻として、夫として、少しだけ成長させた。

# 第五章　美しい妻

季節は社交シーズン真っ盛り。連日あちらこちらの屋敷で開かれる夜会では、ひと組の夫婦に関する噂で持ちきりだった。

「ほら見て、今日もおひとりよ」

「本当だわ。パートナーもいないのにノコノコ出席して恥ずかしくないのかしら」

「しかもあのドレス、先月も着ていたものよ。自称『帝国一のおしゃれ』が聞いて呆れるわ」

とある舞踏会。出席者が皆パートナーを連れている中、ひとりで会場に入ってきた女性がいる。

周囲の嘲笑と注目を浴びているのは、リーゼロッテだ。その隣にはいるべきはずの夫・パトリックの姿はない。

気まずそうに扇で顔を隠しているリーゼロッテのもとに、作り笑顔の年若い女性が近寄ってきて声をかけた。

「ごきげんよう、タイバー公爵夫人。とても素敵なドレスですわね」

「……ごきげんよう、カロッサ夫人」

カロッサ夫人はつい最近まで、社交界でリーゼロッテと美貌を競っていた女性だ。ふたりは湯水のように金をかけドレスや装飾品をあつらえたり、派閥を作って相手を陥れようと企んだりと競い合っていたが、今年になってリーゼロッテがタイバー公爵と、彼女がカロッサ侯爵の息子と結婚したことで勝負がついたのだ。もちろん、より高位な身分の男性と結婚したリーゼロッテの勝利である。しかもパトリックは美男子だ、リーゼロッテがどれほど勝ち誇ったかは想像に易い。

しかし有頂天の日々は長く続かなかった。夏に舞踏会で姉に恥を掻かせようとして失敗したリーゼロッテは、その日以来パトリックに愛想を尽かされてしまった。

リーゼロッテを軽蔑し避けるようになった彼は公然と浮気するようになり、さらには妻の贅沢を許さなくなった。もはや夫婦とは呼べない有様だが、クータニア帝国では国教の教えに従って離婚を禁止している。ましてやプライドの高いリーゼロッテが公爵夫人の座を手放すはずがなかった。

タイバー公爵夫婦の不仲は、瞬く間に社交界に広まった。特に今までリーゼロッテに陥れられた女性や馬鹿にされたことのある女性は、手を叩いて彼女の転落を喜んだ。酷い話ではあるが、今まで人を足蹴にしてきた報いである。

今や社交界ではリーゼロッテは恰好の笑い者だ。だからといって夜会や舞踏会に顔を出さないわけにもいかない。公爵夫人が屋敷に引きこもってしまえば評判はさらに失墜し、今はまだ保っている人脈も失いかねないだろう。

皇室と直接繋がっているパトリックはまだしも、リーゼロッテは社交界から姿を消せば本当に居場所がなくなってしまう。どんなに嘲笑を浴びても耐えるしかなかった。

「タイバー公爵夫人はその首飾りがよほどお気に入りですのね。先月も二回ほど着けてらしたわ。確か春先に流行したものだったかしら」

カロッサ夫人はリーゼロッテを上から下まで見定め、ニヤニヤと笑う。

夫から贅沢を禁止されたリーゼロッテは社交界シーズンだというのに、新しいドレスも装飾品も買ってもらえない。同じドレスを着回すだけで陰で笑われる上流階級夫人にとって、あまりにもつらい痛手だ。

「そ、そうよ。二千フローリンもしたの。あなたの首飾りの五倍はするでしょうね」

「まあ、さすがはタイバー公爵夫人だわ。きっと公爵が愛を籠めて贈ってくださった逸品なのね。羨ましいわ、夫婦仲がよろしくて。ところで、今日はタイバー公爵はどちらに？」

「主人は……今日は重要な用事があって来られなかったのよ」

「ああ、そうでしたわね。タイバー公爵は足繁《あししげ》く劇場に通って、お気に入りの女優とベッドを共にするという大事な御用があるのでしたわね」

赤い口紅を塗った唇に喜色を浮かべ、カロッサ夫人は勝ち誇ったように顎を上げる。

隠そうともしないパトリックの浮気は、もはや社交界のほとんどの人が知るところだ。

しかも最近夢中になっているのは貴族でもない下賤《げせん》な女優なのだから、リーゼロッテは腹立たしいことこの上なかった。

嘲笑を浮かべるカロッサ夫人の顔を引っ掻いてやりたいが、リーゼロッテは奥歯を噛みしめてグッと我慢する。じつは今日の舞踏会は目的があってやって来たのだ。そのためには、今ここで騒ぎを起こすわけにはいかない。

「夫の遊びのひとつやふたつで騒ぎ立てるほど、私は心の狭い女じゃないのよ」

リーゼロッテは顔の筋肉が引きつりそうになりながら、優雅に微笑む。カロッサ夫人は「まあ、公爵夫人は寛大ですこと」と去っていき、他の夫人たちの輪に加わって愉快そうに笑い声を立てた。きっと虚勢を張っているリーゼロッテのことを嘲笑っているのだろう。

（悔しい……！　悔しい、悔しい！　これも全部あいつのせいだわ！）

扇をきつく握りしめ、手を震わせる。カロッサ夫人も、馬鹿にしている他の夫人たちも、哀れんだ目で見てくる他の貴族たちも、みんな憎くてたまらない。しかし一番憎いのは、こんな状況になった元凶である姉・マルゴットだ。

（あいつがバケモノのくせに調子に乗るから！　バケモノのくせにパトリックに色目を使うから！　何もかもおかしくなってしまったのよ！）

リーゼロッテはマルゴットにライムバッハ辺境伯との結婚を譲ったことを、心から後悔している。醜い姉が嫁ぎ先で不幸になることを望んでいたのに、これでは全く逆ではないか。

マルゴットとジークフリートの噂は嫌でも耳に入ってくる。夫婦仲がよく、夫は大変な愛妻家だと。

美しい妻と妻に夢中な夫。自分が手に入れるはずだった羨望の姿を、姉に取られたのが悔しくてたまらない。挙句そのせいで自分が不幸になったのだから、リーゼロッテの逆恨みの炎は燃え上がるばかりだ。

（絶対に許さないわ。全部滅茶苦茶にしてやる、あのバケモノも、ライムバッハ辺境伯も、私を馬鹿にした奴らも）

そのときだった。新しい客人が到着し、会場が俄かに騒がしくなる。悪口に花を咲かせていたカロッサ夫人たちまでそちらを振り返り、部屋に入ってきた人物をうっとりと眺めた。

(来たわ……！)

遅れてやって来て会場中の女性から熱い視線を浴びている男性こそ、リーゼロッテが待ち望んでいた人物だ。

クータニア帝国皇太子、サシャ・ホーレルバッハ。逞しくしなやかな体軀に高身長、金《きん》髪《ぱつ》碧眼《へきがん》で彫りは深く睫毛は長く、目もとは甘い。神話に出てくる美神のような美男子だ。年齢は二十八歳だが数年外遊に行っていた関係でまだ結婚はしていない。

彼にもまた女好きのホーレルバッハの血が流れており、流した浮名は数知れない。リーゼロッテはまさにそこに着目した。

(パトリックが他の女に目を向けるなら、私だって他の男を捕まえてやるわ。それもとびっきりの男をね)

サシャの寵姫《ちょうき》になり社交界で絶大な権力を手に入れ、マルゴットや自分を馬鹿にした者たちに復讐するのがリーゼロッテの目的だ。浮気をしたとて相手が皇太子ではパトリックも文句が言えまい。

「サシャ殿下、ごきげんよう。今夜は素敵な月夜ですね」

サシャがソファーに腰掛けたのを見計らって、リーゼロッテはすかさず声をかけにいく。他の女性たちが忌々しそうに見ていたが、身分としては公爵夫人が皇太子に声をかけているのだから周囲の者が口を挟むわけにもいかない。

「やあ、美しいご婦人。えーと……」

「タイバー公爵パトリックの妻、リーゼロッテですわ」

リーゼロッテは少女の頃、父に連れられ宮廷でサシャに会ったことがある。しかし社交界に出るようになってからはサシャは外国にいて顔を合わせることがなかったので、実質初対面のようなものだ。

「ああ、きみがパトリックの妻になったリーゼロッテか。外遊中だったから結婚式には出られなくて悪かったね。パトリックは元気かい？」

「ええ、おかげさまで元気にしております。……けど……」

不意に物憂げな顔を見せたリーゼロッテに、サシャは何かを察して自分の隣の席をポンポンと叩く。

「困りごとかい？　僕でよければ聞いてあげよう」

「恐れ入ります」

リーゼロッテが隣に腰を下ろすと、サシャは片手を振って軽く人払いした。周囲に人のいなくなったソファーで、リーゼロッテはいかにも哀れで純粋な娘のようにしおらしく、身を縮めた。

「じつは夫に好きな人ができて、家に帰ってこなくなってしまったのです。まだ結婚して一年も経っていないのに、私寂しくて寂しくて……」

「それは酷いな。こんなに若くて美しい妻を放ったらかしておくなんて、パトリックは罪な男だ」

「私も貴族の出自、愛人を作ることが男性のステイタスだということは弁えております。けど、この空虚な寂しさはいったいどうしたらいいのでしょう。心も体も寒くて凍えてしまいそうだわ」

ハラハラと涙を零しながらリーゼロッテが自分の腕を撫でさすっていると、サシャが肩を抱いてきた。思わずニヤリと上がりそうになる口角を、俯いて隠す。

「こんなに震えて可哀想に。僕でよければきみを温めてあげたい」

「まあ……殿下……」

「サシャと呼んで。舞踏会のあと、僕の馬車に」

リーゼロッテもサシャも、こんなものは茶番だとわかっている。それでも男女が秘めた約束を取り付けるためには必要な工程なのだ。

ふたりがすっかり身を寄せ合っているのを、カロッサ夫人たちが遠くから見つめている。その視線はもちろん羨望などではなく、蔑みと妬みだ。

「あの方、まさかサシャ殿下に取り入るつもり？　信じられない！」

「タイバー公爵に見捨てられたからって、今度はサシャ殿下に擂り寄るつもりなのね。みっともない、まるで娼婦だわ」

「殿下も殿下だわ。タイバー公爵はサシャ殿下のはとこでしょう？　同じ一族の妻に手を出すなんて……」

「同じ一族だからよ。ホーレルバッハ一族の女好きは筋金入りだわ」

カロッサ夫人たちは揃って呆れたため息を吐き出す。

今夜はサシャが帰国して初めて公に出席する舞踏会だ。三年の外遊で諸外国と数々の友好条約を結びクータニア帝国の外交と貿易を大きく底上げしてきた彼の活躍は、帝国中の民の知るところだ。有能で見目麗しい皇太子は女性たちの憧れの的なのに、節操のない遊び人なのが玉に瑕《きず》である。おまけに帰国後最初に手をつけたのが性悪リーゼロッテでは、興ざめもいいところだ。

今夜の舞踏会でサシャと会えるのを楽しみにしていた女性たちはガッカリと肩を落とし、男性たちは「面白いことになりそうだ」と興味津々で見ている。

「まあサシャ殿下のことですもの。どうせすぐ飽きるわ。あの方はひとりの女性に執着しないから」

「そうね。もしかしたら今夜床を共にしただけで終わるかもしれないし」

「賭けましょうか、私は一ヶ月持たないと思うわ」

「なら私は半月に賭けるわ。タイバー公爵夫人なんて、ちょっと顔がいいだけですもの。サシャ殿下もすぐに彼女のわがままにウンザリするに決まってるわ」

　クスクスと意地悪な笑い声を立てるカロッサ夫人たちだったが――その予想は外れることとなる。


「それでね、お姉様ってば本当に顔も心も醜いのよ。私は妬まれて何度も叩かれたわ。お姉様に痣があるのは私のせいじゃないのに」

「うんうん。それで？」

「地下に何日も閉じ込められたこともあったの。暗くて狭くて死ぬかと思ったわ。ライムバッハ辺境伯との結婚も、お姉様が自分に譲るようにお父様に強要したの。そうしなければ私のことをもっと虐めるって……。でもライムバッハ辺境伯も意地悪だからお似合いだったわね。あの方、私に面と向かってお父様の悪口を言ったのよ。あり得ないわ」

「へえ、それは面白い」

ベッドで裸のまま、リーゼロッテはツラツラと嘘八百を並べる。サシャは隣に寝そべり片手で頬杖をついておかしそうにそれを聞いていた。

ここは帝都にあるサシャが固有する小さな屋敷。要は気軽に女性を連れ込むための隠れ家である。

リーゼロッテはすっかりここの常連となった。カロッサ夫人たちの予想を裏切り一ヶ月で関係が終わることはなく、かれこれ三ヶ月近く続いている。

リーゼロッテは有頂天だった。サシャは情熱的に抱いてくれるし、贈り物はくれないけれどねだれば気前よく小遣いをくれた。一応は公にできない関係なので共に出かけたりはしないが、偶然を装って夜会などで会えば優しくしてくれた。

(私は皇太子の寵姫よ、ひれ伏しなさい！　私を馬鹿にする者は彼が許さないんだから！)

口には出さずともリーゼロッテの態度からはそんな傲慢さが溢れ出ており、以前のようにあからさまに彼女を馬鹿にする者はいなくなった。気まずく思っているのか、カロッサ夫人も最近ではあまり夜会で姿を見せない。これが勝ち誇らずにいられようか。

あとは当初の予定通り、マルゴットとジークフリートに復讐できれば完璧だ。そのため最近では情事後のベッドで、せっせとふたりの悪口をサシャに吹き込んでいる。どんな出《で》鱈目《たらめ》を言っても彼は楽しそうに相槌を打つだけなので、リーゼロッテは彼が自分の味方であると確信していた。

「ライムバッハ辺境伯は皇室の悪口も言っていたわ。彼、危険だと思うの。きっと領邦君主だからって調子に乗っているのね。もし彼に会うことがあったら厳しく接したほうがいいわ、このままでは皇室の威厳に関わってくるもの」

「そうだなあ」

「辺境伯をそそのかしているのはきっとお姉様よ。お姉様は権力を笠《かさ》に着て威張るのが大好きだから。夫婦ともども陰で皇室を愚弄しているんだわ。ねえサシャ、あのふたりに罰を与えることはできないかしら」

なんとかして姉夫婦を窮地に追い込んでやりたいリーゼロッテは熱心にサシャを説得する。しかし彼は声を立てて笑うと「無茶を言うね。罪を犯していない者はいくら僕でも罰せられないよ」と片手を伸ばし呑気に頭を撫でてきた。

リーゼロッテはその手を取って胸の谷間に包み、とびきりの潤んだ瞳で哀願する。

「なら、もし私が彼らに狼藉《ろうぜき》を働かれたら、そのときは罰してちょうだい。私を虐めるということはあなたを馬鹿にしてるのも同じなんだから」

「そのときはそのときさ。僕は罪を犯した者には厳しいからね」

フッと口角を上げて笑うとサシャは寝そべっていた体を起こし、リーゼロッテに口づけながらベッドに組み敷いた。

「ああ、サシャ……愛してるわ」

彼の愛撫を受けとめながらリーゼロッテは思うのだった。やはり美しさは何より強い武器だと。

どんな手を使ってでも磨き上げてきた自分の美貌こそが正義で、だからこそ皇太子を思いのままに操ることができたのだ。

(見てらっしゃい、バケモノ。あなたの美しさなんか付け焼き刃の偽物だってこと、今度こそ思い知らせてやるわ)

他国には平民から王の愛人になり宮廷を牛耳るほどの権力を手にした女性もいるという。ならば平民ではなく貴族の自分が同じようにのし上がるのは難しくない。

娼婦まがいだと陰口を叩かれようと、リーゼロッテはサシャを利用し姉に復讐を遂げ、誰もがひれ伏す陰の女王になってやると心に誓うのだった。

――一方その頃。

ライムバッハ邸には連日贈り物が届いていた。

「またお父様からだわ」

侍従から渡された箱に添えられていた手紙を見て、マルゴットは少し困ったように呟く。

「どうしてしまったのかしら。まるで人が変わったみたい」

箱の中身は扇だった。流行の装飾がついているが、それほど高価なものではない。前回は帽子でその前はショールだったが、やはり特にこだわりのない既製品だった。

しかし添えられていた手紙には、これでもかというほど娘への愛が綴られている。『自慢の娘』『心から愛している』と何度も繰り返した挙句、『お前のためを思って厳しく育てたことを許してほしい』と締められているのが毎回のパターンだ。

ジークフリートと顔を合わせる気まずさからお披露目にも来ず、社交界でも避け続けていたベーデカー伯爵だが、どういうわけかこの冬からマルゴット宛てにやたらと手紙と物を贈ってくるようになった。

マルゴットの記憶の中には、侮蔑の眼差しを向け『ベーデカー家の恥』と罵る父の姿しかない。そんな父が手紙で愛を綴り贈り物までしてくるのだから、いったいどういうことなのかさっぱりわからなかった。

「父も妹と同じく醜い私のことが嫌いでした。けど今の私は醜くないから、娘と認めてくれたのかもしれませんね」

居間のソファーで贈り物の箱を閉じながらそう微笑んだマルゴットに、向かいに座るジークフリートはキュッと唇を噛む。

少しずつ現実が見えてきたとはいえ、まだまだ歪んだ生育環境の呪縛が解けていないマルゴットはわかっていない。その手紙も贈り物も、吐き気を催すほどの卑怯な手段であることに。

社交シーズンが本格的に始まって、マルゴットの評判はますます鰻登《うなぎのぼ》りだ。かねてから噂になっていた深窓の白百合をひと目見たいという者が多く、噂が噂を呼びマルゴットはもはやちょっとした有名人である。

そんな娘を輩出したベーデカー伯爵は、さぞかし鼻が高いだろう。だからこそ彼は恐れているのだ。マルゴットをバケモノ扱いし地下に閉じ込めていた過去が世間にバレることを。

連日の手紙と贈り物は容赦の懇願、或《ある》いは今までの扱いをなかったことにするための偽装だ。マルゴットは気づいていないが、あまりに浅はかな企みにジークフリートは密かにはらわたが煮えくり返っている。

しかも手紙は代筆屋が書いたのだろう、マルゴットの心に寄り添うような悔恨も反省もなく、ただ白々しい親の愛が綴られている。贈り物もそうだ、心などこれっぽっちも籠もっていない。

（過去の行いを悔いているならまだしも……どこまで身勝手で醜悪なんだ、この男は）

できることならジークフリートは全ての手紙と贈り物を焼き捨ててやりたいと思う。しかしそうしないのはマルゴットのためだ。

自分がどれほど不幸で哀れな娘だったのか、マルゴットはまだ自覚しきれていない。真実を突きつけることは簡単だが、果たしてそれは正しいのだろうか。

あり得ない境遇で育ったがマルゴットの心は健全だ。わざわざお前は不幸だと教えて彼女の心を折ることになんの意味があるのだろう。世の中には気づかないままでいたほうが幸せなこともあるのだ。……だが。

「マルゴー。俺は明日から一週間ほど出かけてくる。悪いが留守を頼む」

「急ですね。視察ですか？」

「まあ、そんなところだ」

ソファーから立ち上がり、ジークフリートはマルゴットを抱きしめて「寂しくさせてしまってすまない」と額に口づける。マルゴットは甘えるように懐に顔を摺り寄せると、「無事に帰ってきてくださいね」と抱きしめ返した。

心の底から妻への愛しさが湧き上がり、同時にジークフリートは怒りの炎を燃やす。

(ベーデカー伯爵。俺はお前を絶対に許さない)

テーブルに置かれたリボンのかかった箱。その贈り物の価値を、マルゴットは知らなくていい。箱に籠められた薄汚い思いは全部自分が取り除いてやろうと、ジークフリートはマルゴットを抱きしめながら心に誓った。


その日、ベーデカー伯爵邸は主から下働きの者まで皆困惑した。

なんの連絡もなく、突然ライムバッハ辺境伯ジークフリートが訪ねてきたのだ。「偶々近くに来たので」という体で。

本来なら娘の夫が訪ねてきたのなら屋敷を挙げて歓迎するだろう。しかしベーデカー伯爵家の者たちには後ろめたい隠しごとがある。それは彼の愛妻であるマルゴットを虐め抜いてきた過去だ。

「これはこれは……ようこそ、ライムバッハ卿」

「ベーデカー卿、ご健勝で何より」

突然の訪問だったので居留守を使うことも叶わず、ベーデカー伯爵はひとまず彼を応接間へと通す。向かい合って座ったものの、冷や汗が止まらない。何せ結婚詐欺まがいのことをしたうえに、顔を合わせるのも気まずくて逃げ回っていたのだ。もしや今更それを許えるつもりではないかと、心臓が縮み上がる思いだった。

しかしジークフリートに激高している様子はない。出されたお茶を、ただ冷静に飲んでいる。

（いったい何をしにきたんだ、この男は。マルゴットを押しつけたことをまだ怒っているのか？　いや、その代価として先代が築いた商工会の人脈は全て紹介したはずだぞ。それにあのバケモノ娘をたいそう可愛がってるという噂じゃないか。なら感謝されこそすれ、恨まれる筋合いなどないわい）

そう考えるとベーデカー伯爵は途端に気が大きくなってきた。もしかしたらマルゴットと結婚させてもらった感謝を伝えにきたのかもしれないと思い、途端に態度も大きくなる。

「どうですかな、マルゴットは。元気にやっておりますか？」

ソファーにふんぞり返りながら言うと、ジークフリートは口もとに浅く弧を描いて頷いた。

「ええ」

「それはよかった。マルゴットは儂が手塩にかけて育てた娘ですからな。あれが美しいことは昔からわかっていました。しかし甘やかして育てたせいで、服にも美容にも興味がないまま大人になってしまいましてな。輿入れのときは少々驚かれたでしょう。噂では最近着飾ることを覚えたようで安心しております」

ベーデカー伯爵がツラツラと出まかせを喋っている間、ジークフリートはただ黙ってそれを聞いていた。

そんな応接間の様子を、ベーデカー伯爵夫人と使用人たちが廊下からこっそり窺っている。

「いいわね、あなたたち。ライムバッハ卿に何か聞かれても絶対に本当のことを喋っては駄目よ」

「はい、奥様」

十年前、マルゴットを地下へ追いやったのはリーゼロッテだが、賛同し行動したのは大人たちだ。ベーデカー伯爵と夫人が命令し、使用人たちがマルゴットの荷物を地下へ運んで彼女を閉じ込めた。誰ひとり彼女が可哀想だからやめようと声を上げず、共犯者となったのだ。

そんなふうに育てた娘をジークフリートに押しつけただけでも後ろめたいのに、彼はマルゴットをとても愛してるという噂ではないか。真実を知られたらまずいと、屋敷中の誰もが思っていた。

「……それにしても噂に違わぬ素敵なお方ですね」

ドアの隙間からジークフリートを窺いながら、使用人の女性がぽつりと呟く。すると他の使用人たちもウンウンと頷いて口々に同意した。

「見目もよいし所作も上品でいらっしゃるわ。真面目なお人柄が滲み出ているみたい」

「愛妻家という噂もきっと本当ね。いかにも一途そうだもの」

「何故旦那様はリーゼロッテお嬢様のお相手にライムバッハ卿を選ばなかったのかしら。もったいない」

うっかり口を滑らせた使用人が、すかさず夫人に扇で叩かれる。

今この屋敷ではリーゼロッテとマルゴットを比べるのは御法度だ。本当に手塩にかけて育てたリーゼロッテの結婚が大失敗で、ベーデカー伯爵も夫人もピリピリしているのだ。

「ふん、あの男だってすぐに浮気するに決まっているわ！　あんなバケモノ娘が本当に愛されてるわけないじゃない！」

鼻息を荒くしながら夫人が扇で片っ端から使用人を叩いていたときだった。

「ところで、ベーデカー夫人はどちらに？」

突然ジークフリートがそう尋ねて、盗み聞きしていた夫人と使用人たちはビクッと肩を跳ねさせる。

「これは失礼。今、妻にも挨拶させますので」

慌てたベーデカー伯爵がテーブルのベルをやかましく鳴らす。応接間の前に立っていた夫人は「なんで私がバケモノ娘の夫に挨拶しなくちゃいけないのよ」とふてくされた顔をしたが、仕方なくすました態度で部屋の中へと入っていった。

「ライムバッハ卿。ようこそいらっしゃいました。ゆっくりしていってくださいね」

夫人はドレスの裾を持ち膝を曲げて微笑む。しかし呼び出したにもかかわらずジークフリートは彼女の方を一瞥もしなかった。

(何よ、この男！　やっぱりバケモノの夫ね、性格がねじ曲がってるんだわ)

妻が内心憤慨しているのを察し、ベーデカー伯爵は密かに焦る。機嫌の悪くなった妻をあとで宥めるのは彼の役目なのだ。

「せ、せっかく婿殿が来てくれたのだ。昼食会でも開こう。早速使用人たちに――」

「昼食会は結構。それよりひとつ頼みたいことがある」

場を和ませようとしたベーデカー伯爵の言葉を遮ったのは、ジークフリートだった。唐突な頼みごとに目を丸くしていると、彼はさらに驚くことを言いだした。

「我が妻の……マルゴットの部屋を見せていただきたい」

これにはベーデカー伯爵も夫人もたじろいだ。

マルゴットの部屋などこの屋敷には存在しない。彼女がかつて暮らした場所はあるが、それはとても部屋とは呼べないものだ。なんせ暗く狭く絨毯もカーテンもない地下室なのだから。

「な、何故そのようなものを？」

動揺が隠せないままベーデカー伯爵が聞くと、ジークフリートは「愛する人が暮らした場所を見たいと思うのは当然では？」と淡々と返してきた。

果たしてこれは妻への純粋な愛なのか、それとも何か思惑があるのか、ベーデカー伯爵はわからなくて困惑する。どうやって誤魔化すか必死に考えていると、夫人がやたらと大きな声を出して口を開いた。

「まあ、まあ！　マルゴットの部屋ですね！　三階の東にありますの！　今、お見せしますわ！」

応接間の前で聞き耳を立てていた使用人たちは、夫人の企みを察する。三階の東にあるのはリーゼロッテの部屋だ。嫁に行ったあとも彼女の私室はそのままで、夫人の命令でしっかり掃除されている。そこをマルゴットの部屋ということにして誤魔化すつもりらしい。

「私、扉のプレートを外してくるわ」

「部屋の中にリーゼロッテお嬢様のお名前が入った刺繍やノートがあるかもしれないわ。

片づけてちょうだい」

使用人たちがドタバタと動きだしたのを確認し、夫人はにっこり微笑む。

（何を考えてるのか知らないけど、ここは私たちの屋敷よ。どうにでも取り繕ってやるわ）

妻の考えに気づいたベーデカー伯爵も、密かに胸を撫で下ろしジークフリートに向かって笑いかけた。

「では参りましょう。どうぞ心ゆくまでご覧ください、マルゴットの部屋を」

ジークフリートはベーデカー伯爵と夫人のあとに続いて応接間を出た。しかし階段を上がろうとする手前で彼が足を止める。

「いかがいたしましたか？」

振り返って小首を傾げたベーデカー伯爵に、ジークフリートは厳しい声で返す。

「どこへ連れていくつもりだ」

「へ？　ですからマルゴットの部屋に……」

「欺くな。マルゴットが暮らしてきたのは地下だ」

ジークフリートは全てを知っていたのだと悟り、ベーデカー夫妻の顔に汗が滲んだ。この男はそれを断罪にきたのだとわかって緊張が走る。

「ライムバッハ卿。娘から何を聞かされたか知りませんが、それは誤解です。地下で暮らしていたなんて大げさな。あの子があまりにも聞きわけがないので、反省を促すため時々閉じ込めていただけです。こんなことはどこの家でだってあることでしょう」

「そうですわよ。あの子のためを思い心を痛めながらしたお仕置きを、そんなふうに言われるなんて……。悲しいわ。あの子は昔から嘘つきだったけど、まだその癖が直っていないのね」

必死に嘘を重ねるベーデカー夫妻を見て、ジークフリートが片方の口角を上げる。それは、安堵の笑みだった。

――これからすることに罪悪感を抱かずに済む、そのことに喜悦する。

ジークフリートは大きく手を打ち鳴らした。それを合図に、玄関前で待機していたライムバッハ伯爵家の私兵たちが容赦なく屋敷へ踏み入ってくる。

「な、なんですか⁉　あなたたちは！」

ベーデカー家の使用人たちは突然の侵入者に大わらわになる。男の使用人たちが彼らを止めようとするが、剣を所持しているのを見てあっさりと引いた。

「ライムバッハ卿⁉　これはいったい⁉」

三人の兵士に拘束されたベーデカー伯爵が青ざめながら叫ぶ。同じように拘束された夫人は言葉にならない悲鳴をキイキイと上げていた。

「手荒な真似はしない。ただお前たちが俺を欺こうとした罰として『お仕置き』をするだけだ。『こんなことはどこの家でだってある』ことなのだろう？」

冷ややかな目でジークフリートが告げたそれに、ベーデカー夫妻は言葉を失くす。自分たちが何をされるのか、理解したからだ。

「ま、待ってくれ……！　違う、誤解だ。儂は本当にマルゴットを愛していて……嘘じゃない！」

「十年という地下暮らしがどれほど過酷か想像したことがあるのか。灼熱《しゃくねつ》の夏も凍えるような冬も、昼も夜もわからないような闇も、孤独も。一片でも愛情があったなら、そんなおぞましいことをできるわけがない」

ジークフリートは屋敷の者に地下室まで案内させ、そこにベーデカー伯爵と夫人を放り込んだ。

狭く、暗く、埃臭さと黴臭《かびくさ》さが染みついた部屋。おそらくマルゴットが出ていったときのままなのだろう。古ぼけたベッドには粗末な毛布があるだけで、机の上には劣化した油の入った灯火皿が置いたままになっていた。

ここでひとりぼっちで暮らしていた頃のマルゴットの幻が、ジークフリートの脳裏によぎる。目頭が熱くなりそうになって、思わず眉根を寄せた。

「いや！　助けて！　こんな場所に閉じ込められたら死んでしまうわ！」

夫人は金切り声を上げてジークフリートの足もとに縋りついてきた。必死な彼女の形相に、ジークフリートの口角が持ち上がる。

「『嘘つき』の『お仕置き』には相応しいだろう？　なに、俺は優しい。お前たちの老体を慮ってたったの一年で許してやろう」

命令された使用人たちが戸惑いながら夫妻の服を運んでくる。とはいっても最低限の下着と部屋着だけだが。

「こっ、こんなこと許されんぞ！　裁判を起こしてやる！　タイバー公爵の義父である儂にこんなことしおって、この国から追放してやるからな！」

指さして叫んだベーデカー伯爵に、ジークフリートは「どうぞお好きに」とゆったり微笑んだ。しかし琥珀色の瞳の奥はこれっぽっちも笑っていない。

「ところでベーデカー卿。あなたから紹介していただいた隣国の商工会の人脈だが、面白い話をたくさん持っていた。例えば――先代が外交官の立場を利用して非関税措置を設け、通じている商人に便宜を図ってやっていたとか。国際貿易の規定に反する商品を不正に見逃していたとか。先代は有能な外交官だが、懐を肥やす才能にも随分長けていたようだ。

……だが、官職を利用し他国から不正に利益を得るのは帝国に対する大いなる裏切り。先代だけの責任に留まらず、このことが公になればベーデカー家の財産没収はまぬがれないだろう」

ジークフリートが取り出した書類を目にして、ベーデカー伯爵の顔面が蒼白になる。書類に示されている金額はとんでもない額だ。もしこれが公になったら不正に得た利益の返還に留まらず、罰金として土地屋敷まで取られかねないだろう。生活の糧になっている宮廷からの年金も止められるに違いない。

「それから」

証拠となる書類を懐にしまいながら、ジークフリートは言葉を続けた。

「タイバー公爵はあまりあてにしないほうがいい。彼は俺が有するネイドリーバーグの劇場で女優に付き纏い二度も騒動を起こした。初耳だろう？　事件が広まらぬよう俺が揉み消してやったからな。そうそう、女優に入れ込みすぎて散財し俺に借金もしている。さて、彼が味方をするのはどちらかな」

全てを悟ったベーデカー伯爵は、その場に膝をつきガクリと項垂れた。こんなにも手強い男にマルゴットを嫁がせたことを大いに後悔したが、もう遅い。

「ど、どうか先代の不正の件は内密に……」

「それはあなたの反省しだいだ」

言い残し、ジークフリートは扉を閉める。そして青ざめ震えている使用人たちに厳しく言い放った。

「ベーデカー伯爵夫妻は本日より一年間地下で暮らす。彼らの身の回りの世話は、マルゴットの扱いと同等にするように。もし客人が来たらふたりは病で面会できないと伝えろ」

使用人たちは黙って従うしかなかった。もしジークフリートを怒らせれば先代当主の罪を告発されてしまう。そうすればベーデカー伯爵家は没落し、自分たちも働き口と収入を失うことになるのだから。

ジークフリートは自分の所有している使用人と兵を数人ほどベーデカー邸に残していった。監視のためでもあるが、ベーデカー家の使用人を厳しく躾《しつ》け直すためでもある。

「一年後に来たときには、少しはマシになっているといいのだが」

帰りの馬車でジークフリートは独り言ちる。

マルゴットを二十年間も虐げ続けてきた悪徳の館。たかが一年で浄化できるとは思わないが、多少は己が娘にしてきたことの残酷さを理解するはずだ。

ここ最近頻繁にライムバッハ邸に贈られてきた手紙とプレゼントはもう来ない。もし再び贈られてくるとしたら一年後だろう。そこに今度こそ真摯な反省が籠められていることを、ジークフリートは願いたい。

マルゴットが贈り物の意味に未来永劫《みらいえいごう》気づかないままだとしても。


雪解けが進み春の足音が聞こえてきた早春。

帝国では恒例になっているシーズン最後の狩猟大会が開催された。皇帝主催のこの大会は隔年で開かれ、皇族と上位貴族の男性らが腕を競い合うものだ。

参加者の家族らも応援に駆けつけ、狩猟場の森の前には観覧席が用意されている。初めて狩猟大会の場を見たマルゴットは、その賑やかさに目を輝かせた。

「まあ、まるでピクニックみたい」

馬車から降りるなりそう言った妻に、ジークフリートは朗らかに笑う。

「確かにそうだな」

観覧席には二種類あった。芝生に日よけのパラソルを立て大きなシートを敷いた席。それぞれの従者らが飲み物や果物を用意し、小さなテーブルを持ち込んでいる者もいる。

そしてもうひとつはシート席に挟まれる形で中央に位置しているテーブル席だ。みっつしかない席にはまだ誰も座っていないが、すでに飲み物も果物も菓子や軽食も用意されていた。

「参加者以外はあそこに座ってお喋りを楽しみながら狩猟の結果を待つんだ」

ジークフリートはそう説明しながら、荷馬車から犬を下ろす。今日の大会は狩猟犬を用いた鹿狩りだ。武器は火力の弱い筒銃のみが認められている。

辺りは人だけでなく、馬や狩猟犬も大勢いた。犬が少々苦手なマルゴットは眉尻を下げて後ずさる。ジークフリートは自分の狩猟犬を従者に託すと、安心させるようにマルゴットの肩を抱いた。

「大丈夫、ここにいる犬たちはよく躾けられているから無闇に吠えたりしない。もちろん噛んだりもしないから怖がらなくていい」

「は、はい。大丈夫です」

あまりビクビクしているのもみっともないと思い強がってみせるが、自然と腰が引けてしまう。ジークフリートは眉尻を下げて微笑み、「観覧席に着こう。あそこは犬の進入を禁止しているから」とマルゴットの手を引き連れていこうとした。

そのときだった。後ろから歩いてきた赤いドレスの女性が、マルゴットの肩に強くぶつかって抜かしていった。

驚いて目を見張っていると赤いドレスの女性は観覧席の中央、テーブル席の真ん中に堂々と座り、優雅に微笑んで扇を広げた。高慢ちきという言葉がピッタリのその女性は、マルゴットとジークフリートに向かってニコリと目を細める。

「あら、お姉様じゃない。あんまりみすぼらしいから森から出てきた幽霊かと思ったわ」

「……リーゼロッテ」

夏以来の再会だというのに、挨拶どころかいきなり幽霊呼ばわりしてきた妹に、マルゴットは眉を顰めずにはいられなかった。

今日のマルゴットのドレスはラベンダーのような淡い紫色のものだ。リボンのついたフォーマルハットもそれに合わせたもので、今日のためにとジークフリートの勧めでしつらえたのだ。当然、みすぼらしいわけがない。

自分で気に入っていたのもあるが、何より彼の真心をけなされたようでマルゴットは胸がモヤモヤする。今までいくら馬鹿にされても腹が立ったことなどなかったのに、こんな不快感を抱くのは初めてだった。

そして妻を侮辱されたジークフリートも、リーゼロッテをきつく見据えている。

しかし彼女はふたりの批難の目を気にするどころか、まるで楽しんでいるように無邪気を装った笑い声を上げた。

「まあ、怖い。そんなお顔をして、ライムバッハ辺境伯は私がお嫌いなのね。私と結婚できなかったことを未だに根に持っているのかしら」

あまりの傍若無人ぶりにジークフリートは思わず声を荒らげてしまいそうになり、危うく口を噤んだ。ここは公の場、しかも皇帝主催の狩猟大会だ。野蛮な振る舞いをするわけにはいかない。

「リーゼロッテ……いえ、タイバー公爵夫人、ごきげんよう。あなたも狩猟大会の応援にきてたのね。タイバー公爵はどちらに？」

気を取り直したマルゴットがそう声をかけると、リーゼロッテは「は？」と不快そうに扇をピシャリと閉じた。

「夫は今日は来てないわ。そもそも私は夫なんかの応援にきてないわよ」

「え？　じゃあここへは何をしに？」

尋ねたマルゴットにリーゼロッテはここぞとばかりに「ふふん」と鼻で笑う。そして周囲にいる者たちにもよく聞こえるように朗々とした声で言った。

「サシャ様よ、サシャ皇太子殿下！　私はサシャ様の応援にきたのよ！」

リーゼロッテとサシャの噂は下世話な話題が好きな者たちの間では、すっかり広まっていた。しかしそれを知らない者は、誇らしげに皇太子の応援にきたと宣言したリーゼロッテに驚いて注目している。それはマルゴットも同じだった。

「皇太子殿下の応援？　どうしてリーゼロッテが？」

「鈍いわね！　私はサシャ様と特別懇意な仲なのよ！」

マルゴットはポカンとしている。いまいちどういうことなのかわからない。横を見るとジークフリートは心の底から呆れた表情を浮かべていた。

「ジークフリート様はご存じだったのですか？　皇太子殿下とうちの妹が懇意にしてると」

「まあ、小耳に挟んではいた」

どうやら彼はひと足先に情報を摑んでいたようだ。しかし皇太子の権威を笠に着るリーゼロッテに怯むどころか、まるで世界一惨めな者を見るような哀れみの目を向けている。

その反応が気に食わなかったらしく、彼女は眉を吊り上げ扇で指してきた。

「ライムバッハ卿。あなたは私のことがお嫌いのようだけど、これからは態度に気をつけたほうがよくってよ。私を馬鹿にしたらサシャ様が――」

「僕がなんだって？」

突然割り込んできた声に、リーゼロッテもマルゴットも、その場にいた者たちが皆驚いた。ただしジークフリートを除いて。

「狩猟大会はまだ始まってないのに、なんだか随分賑やかだねえ」

呑気な口調で言いながら、皇太子サシャはかぶっていたトリコーン帽子を脱ぎ長い金髪を煌めかせた。

「殿下！」

いつの間にか観覧席にやって来たサシャに、周囲の人々は一斉に姿勢を正して礼をした。

彼の登場にリーゼロッテは満開の笑顔を浮かべると跳ねるように立ち上がり、「サシャ様！　お待ちしておりましたわ。まあ、なんて素敵な狩猟服」と頬を染めてたちまちご機嫌になる。

「ありがとう。きみの真っ赤なドレスもとても似合っているよ」

肩に手を置いて褒められ、リーゼロッテは最高にご機嫌だ。……しかし。

「ところでここはきみの席じゃないよ。さあ、退いて」

「え？」

そのまま肩を押され中央の観覧席から遠ざけられ、リーゼロッテは目が点になる。

そして振り返ったサシャは胸に手をあて、マルゴットに向かって頭を下げる。

「さあ、一番いい席へどうぞ。ライムバッハ夫人、マルゴット」

「はぁ⁉」

思わず金切り声で叫んだのはリーゼロッテだ。けれどマルゴットも戸惑っている。何故私が？　と書いてある顔でキョロキョロとし、隣に立つジークフリートを見上げた。

「狩猟大会の観覧席は座る場所が決められているんだ。テーブル席に座れるのは前回の三位、準優勝者、そして優勝者の家族だけだ」

「ということは……」

「あなたの席は中央、前回の優勝者の妻の席だ」

マルゴットはようやく理解し、目を輝かせた。今日まで教えてくれなかったが、ジークフリートは前回の狩猟大会の優勝者だったのだ。

「凄いです！　どうして仰ってくれなかったんですか？」

「今日あなたを一番いい席へ座らせて驚かせたかったんだ」

よく見ると中央の席は椅子も金細工のついた立派なもので、テーブルに用意してあるカップやポットも一級品のものだ。どうやらこの席に着けるのは女性にとって一種のステイタスらしい。

華々しい席にエスコートするサプライズは、成功していれば素晴らしいものだっただろう。それを台無しにしたリーゼロッテに、自然と批難の目が向く。

「な……何よ！　そんなの意味ないわ、馬鹿みたい！」

狩猟大会のルールを知らなかったリーゼロッテは、皇太子の寵姫である自分が一番いい席に座る権利があると思っていた。大恥を掻いたうえ姉に席を奪われ、頭がカッカと熱く

なる。

そのうえさらに目に飛び込んできた光景に、リーゼロッテは憤怒で気を失いそうになった。

「さあ、マルゴー」

「どうぞ、マルゴット」

ジークフリートに席までエスコートしてもらったマルゴットの椅子を引いたのは、サシャだ。皇太子ともあろう彼が恭しい従者のような真似をしている。

この国で権力・容姿とも最高峰ともいえる男性ふたりに傅《かしず》かれ、マルゴットは頬を染めてはにかんだ。まるで世界中の女の子が憧れる童話の中のお姫様のような光景に、周囲の女性たちは言葉もなく熱い羨望の眼差しを向けた。

「ところでマルゴット。今日はジークだけでなく僕の応援もしてくれるんだろう？」

席に着いたマルゴットの顔を覗き込むように言ったサシャに、ジークフリートがムッとしながら肘で小突く。

「やめろ、アロイス。皆が見てる。マルゴーに変な噂が立ったら許さんぞ」

潜めた声でジークフリートが注意するとサシャは「応援くらいいいだろう」と唇を尖らせたが、マルゴットに「申し訳ございません、アロイス様。私は夫を応援するだけで手一杯なので……」と断られてしまった。

「ちぇ、相変わらずきみはちっともよそ見をしないね。そこがたまらなく魅力的なのだけど」

三人のやりとりは周囲に聞こえないぐらいの小声だったが、近くにいたリーゼロッテの耳には届いている。何がなんだかわからず頭を混乱させている彼女は、信じられないといった表情でサシャに、勢いよく詰め寄った。

「サシャ様！　このふたりは私を虐めた性悪だとお教えしたでしょう⁉　姉は顔も心もバケモノのように醜くて、ライムバッハ卿はそんな姉の味方をして私を貶めるのです。そんな者たちと仲よくしないでください！」

怒りと嫌な予感で震えながら服を摑んできたリーゼロッテの手を、サシャは苦笑を浮かべ、子供を宥めるように優しく剝がす。

「うーん、それは無理な話だなあ。彼らは僕の大切な友人なんだ。仲よくしないという選択肢はないね」

「ゆ、ゆう……じん……？」

「そう。ジークは二十年来の付き合いになる幼馴染さ」

何かと女性とのスキャンダルばかりが注目されるサシャだが、その快活な性格と公務での有能さから信頼できる同性の友人も多かった。その筆頭がジークフリートである。

領邦君主の後継ぎとして生まれたジークフリートは少年の頃に、宮廷でサシャと共に帝王学を学んだことがある。それ以来ふたりは知己の友人だ。性格は真逆に見えるがジークフリートはサシャの根底にある愛国心と勤勉さを買っており、サシャは決して裏切らないジークフリートの誠実さを信頼している。

ただし、ふたりが心を許し合った親友だと知っている者は少ないだろう。帝都と辺境伯領は遠く離れているので頻繁に顔を合わせることはないし、公務や社交界で会ったとしても厳格なジークフリートは皇太子との仲をひけらかすような真似はしない。友人の顔を見せるのは人がいないときだけである。

対してサシャはどこでも馴れ馴れしいが、誰に対しても同じ態度なのでジークフリートが親しい友人なのだとは誰も気づかない。

しかし、ひとつだけ彼の特別な存在なのだと知る方法がある。それは。

「僕を『アロイス』と呼んでいいのは特別な友達だけさ」

サシャ・アロイス・ベネディクド・ヨハン・フォン・ホーレルバッハ・クータニア。それがサシャのフルネームだ。しかし彼は『サシャ』という女性みたいなファーストネームを嫌っており、弟妹や特に親しい友人など近しい者にだけはミドルネームの『アロイス』

と呼ばせている。これは皇太子周りでは密かに有名な話だった。

そんなことも知らず、何度も体を重ねたのに『サシャ』としか呼ばせてもらえなかったリーゼロッテは唖然とする。つまり、『きみはジークより格下だよ』と評されていたに等しい。

「なっ……だったら何故、お姉様まで……」

マルゴットまで彼を『アロイス』と呼んでいた理由を尋ねようとして、リーゼロッテはすぐさま後悔した。サシャは朗らかな笑みを浮かべたが目の奥は笑っておらず、リーゼロッテの耳に顔を寄せて潜めた声で告げる。

「きみの姉上は美しいね。矜持《きょうじ》があって純粋で清麗だ。簡単には手に入らない、まさに高《たか》嶺《ね》の花だよ。彼女は僕を『アロイス』と呼ぶに相応しい……いや、彼女にならなんと呼ばれても構わないかな」

リーゼロッテは愕然として、その場にへたり込んでしまった。見下ろしてくるサシャの瞳からは、尊敬も愛も感じられない。ただ好奇心が失せて飽きた眼差しだ。

「白百合の妹だというから興味が湧いたんだけどね、きみは高嶺どころか花売りの籠に入った雑多な一輪って感じだったよ。僕が言うのもなんだけど、もう少し慎みを持ったほうがいいよ」

へたり込んでいるリーゼロッテを見て、周囲の女性たちがクスクスと笑っている。

「あらあら、タイバー公爵夫人ったらついに殿下に捨てられたみたいね」

「『捨てた』なんて殿下に失礼よ。もともと恋人でもなんでもないわ。単なる夜のお相手、娼婦と一緒ね」

今日のリーゼロッテのドレスは装飾品も高価で新品だが、サシャが買ってくれたものではない。彼がくれた小遣いで自分で買ったものだ。その意味を痛感して、顔を覆って逃げたくなる。

憧れの女性の妹だったから関心を持たれて、けれど愛情はなく金で買われていたも同然。そんな惨めな話は、何かと醜聞の多い社交界でも聞いたことがない。

目の前が真っ暗になったリーゼロッテだったが、やがて腹の底から沸々と怒りが湧いてきた。震える手で、扇の骨が折れそうなほど握りしめる。

「リーゼロッテ、大丈夫？」

地面に座り込んだままだったリーゼロッテに声をかけたのはマルゴットだ。サシャはもう知らん顔でジークフリートと話を弾ませているし、他の者は遠巻きにこの光景を見つめて笑っている。妹を心配してくれるのは姉だけだった。

「いつまでもそうしていたら綺麗なドレスが汚れてしまうわ。さあ、立って」

マルゴットは手を差し伸べる。しかし。

「さわらないで、バケモノ！　醜いのがうつるわ！」

リーゼロッテはその手を扇で強く払い除けると、自分の脚で立ち上がってどこかへ行ってしまった。

「大丈夫か、マルゴー」

扇で叩かれた音を聞きつけ、すぐにジークフリートが駆け寄ってきた。マルゴットの手の甲は赤くなっている。

それを見たジークフリートは眉を吊り上げリーゼロッテを追おうとしたが、マルゴットに裾を摑んで止められた。

「私は平気ですから」

「……だが……」

「せっかくの狩猟大会です。つまらないことはよしましょう」

宥められ、ジークフリートはため息をひとつ吐き出して追うのをあきらめた。

マルゴットとて別にリーゼロッテを庇ったわけではない、ただ夫をつまらない揉めごとに巻き込みたくないだけだ。

「アロイス、あなたのせいだぞ。そもそもなんであんな女を狩猟大会に呼んだ」

大事な妻の手が痛ましく赤くなっていることに眉根を寄せ、ジークフリートはサシャに苦言を呈す。サシャは心外だとばかりに肩を竦め両手を上げた。

「呼んでないよ、勝手に来たんだ。狩猟大会の招待状はパトリックにも届いてるだろうから、それを見て来たんだろう。いくら僕でも公の場に情婦を連れてくるような恥知らずな真似はしないさ」

はとこの妻であるリーゼロッテを堂々と情婦呼ばわりするサシャに、マルゴットもジークフリートも密かに呆れる。

彼は有能だが、貞操観念に関してだけは残念極まりない男だ。

サシャはクータニア帝国の正式な皇太子であるが、属国の君主や領主の肩書も持っている。ラインダース侯爵位もそのひとつだ。もっともほとんどは総督に管理を委ねているが、その全てに現地妻がいるという噂はきっと本当なのだろう。

「……友人として忠告しておく。女遊びもほどほどにしておかないと、いつか痛い目を見るぞ」

眉根を寄せて告げたジークフリートに、サシャはマルゴットの赤くなった手の甲を見て申し訳なさそうに頷く。

「だね。大事な友人にとばっちりが行くのはよくない。少し控えるよ」

そのとき、森のほうから大きな角笛の音が響いた。参加者集合の合図だ。

「それでは行ってくる」

「はい、ご活躍を楽しみにしております」

マルゴットの手をさすり甲に口づけてから、ジークフリートは猟銃を背負って森の入口へ歩いていった。サシャもマルゴットに手を振り、彼の隣に並んで歩いていく。

(楽しみだわ。ジークフリート様は今年も優勝できるかしら)

椅子に座り直したマルゴットはワクワクしながら森に集まっていく人々を眺めた。

参加者は騎乗し、二、三人の従者と狩猟犬を従えている。ジークフリートもトライコーン帽をかぶり馬に跨《またが》っていた。背筋を伸ばし手綱を握る姿は凛々しく、初めて彼の狩猟スタイルを見たマルゴットは思わずうっとりと見惚れた。

観覧席ではお喋りが盛んになり、マルゴットがロイス夫人に淹《い》れてもらったお茶を飲んでいると、他の貴族夫人たちが挨拶にやって来た。

「ライムバッハ夫人、ごきげんよう。今日は暖かくて狩猟日和ですわね」

「ええ、本当に。お天気もよくて心地いいです」

ニコニコと挨拶してきた夫人らにマルゴットも笑顔で返していたが、話題はすぐにリーゼロッテのことに移っていった。

「先ほどタイバー公爵夫人が随分興奮してらしたみたいだけど、何がありましたの？」

皇太子と公爵夫人のアバンチュールに加え、姉妹の諍《いさか》いらしきものが起きていたのだ。ゴシップ好きな者でなくとも、気になって当然だろう。

「ええと……妹は皇太子殿下と何か行き違いがあったみたいで、少し気持ちが乱れてしまったみたい」

まさか妹が皇太子の情婦だったうえに捨てられたらしいなどと言えるはずもなく、マルゴットは作り笑いを浮かべながら適当に濁す。

「それで、公爵夫人はどちらへ？」

尋ねられて、マルゴットはリーゼロッテが走り去っていったほうを一度振り返った。そういえばあれから姿が見えない。どこへ行ったのだろうか。

「帰った……のかしら。……私ちょっと見てきますね」

狩猟大会はまだ始まっていない。参加者は全員騎乗し、どこから森に入るかの説明を受けている。今なら少し席を外しても大丈夫だろうと思い、マルゴットは立ち上がった。

リーゼロッテに同情はしないが、さすがに身内が冷静さを欠いた状態でいなくなってしまったのは気にかかる。

そのときだった。絹を裂くような悲鳴が聞こえたかと思うと、波及するように人々のざわめきが広がっていった。

「何ごと?」

マルゴットもそばにいた夫人たちも驚いて辺りを見回す。そして最初に異常を見つけたのは、ロイス夫人だった。

「マルゴット様、あれを……!」

ロイス夫人が指さした方向を見つめて、マルゴットはサッと青ざめる。

広場の人混みの中で、リードのない三匹のフォックスハウンド犬が暴れ回っている。狩猟犬は主人の命令に忠実で無闇に暴れないはずだが、どうやら酷い興奮状態のようだ。

ガウガウと牙を剝く犬から逃げようと人々が悲鳴を上げて走り回るので、犬は余計に高揚する。広場のパニックはあっという間に森の前で待機していた馬や他の狩猟犬にも伝染し、たちまち興奮状態に陥った。

「こら、暴れるな!」

「落ち着け!」

犬があちらこちらで吠え、その声に驚いた馬が前脚を上げ馬上の参加者を背から落とす。手綱を離された馬が広場を走り回り、またそれに驚いた馬や犬が暴れるという最悪の状態に陥ってしまった。

衛兵や冷静な参加者が周囲に落ち着くよう呼びかけているが、人々は悲鳴を上げて逃げ惑うばかりだ。

場は騒然となり馬に蹴られた者や、犬に噛まれた怪我人まで出始める。

「マルゴット様、早くお逃げください！」

ロイス夫人がそう叫んだが、マルゴットは苦手な犬が暴れ回っている状況に足が竦んで動けなくなる。

やがて観覧席にまで犬が向かってきて、マルゴットは「ひっ」と引きつった悲鳴を上げると、咄嗟にテーブルの上に逃げてしまった。

「いやっ、来ないで！　お願い、あっちへ行って！」

怯えて身を縮めるマルゴットを獲物と判断したのか、一匹の大きなサルーキ犬がテーブルに付き纏って吠える。すっかりパニックになってしまったマルゴットは涙目になって震えることしかできない。ロイス夫人が少し離れた場所で往生しているが、彼女とて興奮している大型犬が相手ではどうにもできなかった。

すると。

「マルゴット⁉」

混乱している広場を掻い潜り、駆けつけてきたのはジークフリートだった。

ジークフリートはマルゴットに向かって吠えているサルーキ犬の首輪を咄嗟に掴む。

「おとなしくしろ、ダウンだ！」

コマンドを出されたサルーキ犬は一瞬おとなしくなるが、すぐそばで別の犬の吠える声が聞こえると再び荒ぶり、なんとジークフリートの腕に噛みついてしまった。

「っ……！」

逞しい顎を持つ狩猟犬に牙を立てられ、ジークフリートは一瞬顔を歪ませる。

それを見てマルゴットは心臓が止まりそうになり口から悲鳴が漏れかけたが、ジークフリートがすかさず「平気だ、叫ぶな」と宥めてきた。悲鳴を上げることが犬をさらに興奮させてしまうのだと理解し、口に手をあてコクコクと頷く。

「ドロップ。ダウンだ」

冷静に、しかし強い口調でジークフリートがコマンドを出すと、犬はそっと腕から口を離しその場に伏せた。

「よし、いい子だ」

ホッと息を吐いているとサルーキ犬の飼い主の従者がやって来て、慌ててリードに繋いで連れていった。他の犬や馬たちも飼い主や衛兵によって捕獲され、会場は少し落ち着きを取り戻す。

「ジ、ジークフリート様……、血が……」

彼の袖には血が赤く滲んできている。マルゴットは青ざめながらテーブルから下り、犬に噛まれたジークフリートの腕を摑んだ。

「ごめんなさい……ごめんなさい、私を助けようとしたせいで」

「何故あなたが謝る。あなたは何も悪くないだろう。それに大した怪我じゃない、消毒さえしておけば大丈夫だ」

「でも、でも、こんなに血が……。い、痛かったですよね」

声を震わせるマルゴットを、ジークフリートは落ち着かせるように頭を撫でる。

「怖がらなくていい。こんな事故は滅多にない。犬たちは普段は利口で従順だ、さっきの犬も俺を噛んだときにすぐに反省していた。だからあまり怖がってやるな」

顔を見上げると、彼はまるでなんともないように優しく微笑んでいた。自分の怪我よりマルゴットの恐怖心を取り除いてくれようとする思いが伝わってきて、たまらず目頭が熱くなる。

「ジークフリート様……」

涙がひと粒零れ落ちると共に、手の震えが止まった。マルゴットは涙を拭うとジークフリートの手を引き、治療してくれる衛生員のもとへ向かった。

「それにしても何故こんな騒ぎに……」

騒動は静まったものの、会場は酷い有様だ。広場は滅茶苦茶で、観覧席どころかテントに設けられた皇帝の玉座まで馬や逃げ惑う人に踏み荒らされている。怪我をしたのは人だけでなく、脚を折って使い物にならなくなってしまった馬もいた。犬たちもひとまず落ち着いてはいるが、とてもこのまま猟ができる状態ではない。

今年の狩猟大会は中止せざるを得ない。皇室にとって全くもって不名誉なことであった。

「最初に暴れていた犬がそもそもの原因だな。あんな興奮状態で広場に放つなど、故意でなくとも大きな失態だ」

衛生員に怪我を消毒されながらジークフリートがそう話していると、「いいや、故意だよ」と誰かが口を挟んできた。

振り返るとくたびれた顔をしたサシャが髪を掻き上げながらこちらへやって来て、ジークフリートの隣の椅子に座った。

「最初に暴れていた犬は捕獲され、獣医が様子を見ている。利口な狩猟犬だ。飼い主の指示がなければ無闇に走り回ったりしない」

「ということは……」

「故意に広場で放ち、犬も賑やかな場所を走っているうちに興奮状態に陥って止まらなくなったんだろう。普通はそうなる前に飼い主がコマンドを出して制御するものだ」

いったいなんの目的かわからないが、誰かが犬をわざと暴れさせたようだ。サシャの話を聞いてマルゴットもジークフリートも顔を顰める。

「その者は狩猟をする資格を剝奪すべきだ。いや、故意ならば皇帝陛下の催し物を妨害した罪にあたる、投獄されても文句は言えまい」

憤懣《ふんまん》やるかたないジークフリートに、サシャも深く頷いた。

「陛下も大変にお怒りだ。まあ参加者は狩猟犬の登録をしているから、すぐに犯人はわかるだろう」

そのときだった。

「……ん？」

少し離れた木陰から誰かがこちらを窺っていることに、マルゴットはふと気づいた。その途端、人影は身を翻し走り去っていく。

「……まさか」

それが誰か察したマルゴットは、急いで人影を追いかけた。ジークフリートが驚いて「どうした？　待て、どこへ行く！」と止めるのも聞かずに。

決して逃がしてはいけないと思い、マルゴットは靴を脱ぎ捨て全力で走る。その甲斐あって森に入る手前で逃げる人影の肩を摑み、強引に振り返らせることができた。

「リーゼロッテ！　待ちなさい！」

逃げていたのはリーゼロッテだった。顔は血の気がなく全身が小刻みに震えているが、眉は険しく吊り上がり口もとは無理やり歪ませたように笑っている。

「何故逃げたの？　あなた……あれからどこへ行っていたの？」

マルゴットの中にひとつの疑念が膨れ上がる。今まで身近な誰かを疑う気持ちなど抱いたことがないが、妹の残酷な性格を考えると嫌な予感が拭えなかった。

リーゼロッテは肩を摑んでいる手に爪を立て無理やり剝がそうとしたが、マルゴットは決して手を緩めない。逃げられないと悟ったのか、彼女は強張った笑みを浮かべたまま強気に口を開いた。

「私がやったっていう証拠でもあるの⁉」

それはもはや自白も同然だった。マルゴットは事件のことはまだ何も言っていない。リーゼロッテが罪の重さに恐れ戦《おのの》き、罪悪感に堪えられず勝手に弁解し始めただけだ。

嫌な予感が的中し、マルゴットはもはや言葉を失くす。リーゼロッテは摑まれている手になおも爪を立て、強い口調で捲し立てた。

「みんなに言いふらしてやるわ、なんの証拠もないのに姉が私を犯人扱いしたって。あんたなんか白百合じゃない、顔も性格も醜いバケモノだってみんなわかればいいのよ。あんたなんか不幸になればいい。サシャも、パトリックも、ライムバッハ卿も、あんたの味方をする奴なんてみんな犬に噛まれればよかったのよ！」

次の瞬間、森にパン！　と乾いた音が響いた。

何が起こったのかわからずリーゼロッテは目を見開いたまま固まっている。

やがて頬がジンジンと痺れてくるのを感じ、自分が姉に叩かれたのだと理解してますます目を剝いた。

「いい加減にしなさい、リーゼロッテ。あなたのせいでジークフリート様が、大勢の人が怪我をしたのよ。私を醜いと罵る前に、あなたの醜い心をなんとかしなさい」

マルゴットは生まれて初めて妹を叱責した。二十年間バケモノ扱いされ自尊心などなく、妹にどんな扱いをされても当然とばかりに受け入れてきたマルゴットが、初めて妹に怒り行為を厳しく咎《とが》めた。

啞然としているのはリーゼロッテだ。奴隷のようだった姉が自分に手を上げるなど夢にも思ったことがなかったのだろう。叩かれた頬を手で押さえ口をパクパクさせるが言葉が出ず、やがて顔を真っ赤にして幼子のように泣きだした。

「よ……よくもぶったわね！　マルゴットのくせに！　バケモノのくせに！　みんなに言

いふらしてやるわ！　お父様にもお母様にも言いつけて、あんたなんかもう一度地下に閉じ込めてやる！」

わあわあと泣きじゃくるリーゼロッテがこぶしを振り上げ、マルゴットを叩き返そうとする。しかしその手を、追いかけてきたジークフリートが摑み止めた。

「大丈夫か、マルゴー」

「……はい……」

一連の騒動を見ていた周囲の人々は、もはや嫌忌と哀れみの眼差しでリーゼロッテを見つめた。かつては帝国で一、二を争う美女とまでもてはやされた美しさは、もうそこにはない。いるのはただひたすらに惨めで、狡《ずる》くて、醜い女だけだ。

リーゼロッテはサシャが連れてきた兵士にすぐに取り押さえられ、連れていかれた。その後ろ姿を眺めながら、マルゴットはぽつりと呟く。

「……私、初めて人を叩いてしまいました。リーゼロッテが自分勝手な理由で騒動を起こし、ジークフリート様に怪我を負わせたんだと思うと許せなくて……。ごめんなさい、人前で取るべき行動ではなかったです。私は未熟です」

俯くマルゴットの手は、まだ小さく震えている。こんなに感情を爆発させたのは初めてで、まだ自分の中でうまく処理しきれていなかった。

ジークフリートは項垂れているマルゴットの肩を抱き寄せる。その手には力が籠もっていて、力強く肯定し励まされているようだった。

「あなたは何も間違っていない。自分を守るためならば怒っていいんだ。俺はあなたが初めて怒りという感情を覚えたことを嬉しく思う。それでいいんだ、マルゴット・フォン・ライムバッハは人間なのだから。……おめでとう、あなたはまたひとつ成長したんだ」

本の世界ではない現実の舞台には理不尽や不条理が溢れていて、ときに戦わなくてはいけない。今まではされるがままだったマルゴットが初めてリーゼロッテに立ち向かったのは、守りたいものができたからだ。

それは愛する人。そして愛する人に愛された自分。

ジークフリートによって光あたる現実の舞台に上がったマルゴットは、またひとつ新たな物語の主人公になった。美しく、そして自分の足で立って戦える強い主人公に。

「ジークフリート様」

マルゴットはようやく震えの止まった手で、包帯の巻かれた彼の腕をそっと包んだ。

「あなたといると、私は失ったものを取り戻していってるような気がします。それは時々……今日のように怖いこともあるけれど、でも、とても幸せなことなのだと思います」

ジークフリートは目を細め、マルゴットの額に優しくキスをする。

「大丈夫、ずっと共にいよう。あなたの震える肩は俺が抱く。あなたは幸せになることだけ考えればいい」

マルゴットは彼を愛していることを心の底から思い知る。そして奇妙な縁で結ばれたこの結婚を、神様に感謝した。

# 終章　開かれるページ

一年後。

冬の終わりを告げる皇帝主催の狩猟大会は無事に開催され、昨年の悲惨な有様を払拭するかのように盛り上がった。

「本年の優勝者は——ジークフリート・フォン・ライムバッハ伯爵です！」

狩猟のあと宮殿の大広間で行われた結果発表に、会場がワッと沸く。大勢の拍手の中、ジークフリートは皇帝から記念品の盾を授与された。

「さあ、今宵は宴だ。この冬最後の獲物を、感謝して味わおうじゃないか」

皇帝の指示で広間に料理がどんどん運び込まれてくる。獲ったばかりの鹿肉を使ったグリルに煮込みに詰め物まで。参加者とその家族は和気あいあいと料理に舌鼓を打ち、皆笑顔を零していた。

「おめでとうございます、ジークフリート様」

記念の盾を持って戻ってきたジークフリートに、マルゴットはグラスに注いだワインを渡して微笑みかける。

「ありがとう。これで次回もあなたを一番いい席に座らせてあげられる」

受け取ったグラスをマルゴットと軽く掲げ合い、ジークフリートはワインをひと口飲むと安堵したように小さく息を吐き出した。

「よかった、今年の狩猟大会が盛り上がって。伝統ある狩猟大会もこれで元通りだ」

狩猟大会は隔年での開催だが昨年は騒動で中止になったため、今年開かれることとなった。仕切り直しともいえる今年の大会だったが、ジークフリートとサシャが獲物の数を競い合ったことで、大いに盛り上がった。祖国の大切な伝統行事が威厳と華やかさを取り戻したことに安堵したのは、ジークフリートに留まらず多くの民も同じだろう。

何せ昨年の狩猟大会は酷かった。姉への私怨を晴らそうとしたタイバー公爵夫人リーゼロッテが、わざと狩猟犬を放って暴れさせ会場を大混乱させたのだから。

狩猟犬は参加者のひとり、ベンゼン子爵の犬だった。リーゼロッテと面識のあった彼は犬を少し貸してほしいと強引に頼まれ、断りきれなかったのだという。

まさかあんなことになるとは……と、騒動のあと子爵は顔面蒼白になった。子爵が大きな罪に問われることはなかったが、厳重注意と罰金、それから三年間の狩猟禁止が言い渡された。

騒動の元凶であるリーゼロッテは衛兵に捕まってからもしばらく無罪を主張していたが、牢《ろう》に入れられてひと月もするとさすがに疲れてきたのか、自分のしたことを少しずつ語り始めた。

『皇帝陛下の狩猟大会を滅茶苦茶にしたかったわけじゃないわ。私はただ、姉を少し驚かせてやろうとしただけで……』

犬を興奮させるマルゴットにけしかけるつもりだったというが、浅はかな行動は大騒動を招いた。その責任は大きい。

皇帝主催の行事を妨害した罪、多くの怪我人を出し、さらには狩猟犬や馬にも怪我を負わせた罪。リーゼロッテは罪人として投獄されることになった。

クータニア帝国では基本的に離婚を認めていないが、罪を犯したときはその限りではない。さすがに大逆罪を犯した者を公爵の妻にしておくことはできず、リーゼロッテとパトリックの結婚は解消された。

夫であったパトリックは妻の凶行を聞いたとき、彼女の身を案じることなくひたすらこの結婚を後悔したという。

『顔だけで妻を選んだ僕が馬鹿だった』と嘆いた彼はさすがに少し反省したのか、迂闊に見目のよい女性に手を出すことをやめたようだ。再婚の話も方々から来ているが、今のところどれも断っているらしい。

そしてもうひとり、己の女遊びを反省した者がいる。皇太子サシャだ。

彼としてはリーゼロッテのことを愚かな情婦としか見ていなかった。彼女が嫉妬や対抗心に燃える姿も、女性にはよくあることだと傍観していただけで、特に深く踏み込むこともしなかった。

まさかあんなことになるとは、とサシャは口にこそ出さないが反省している。リーゼロッテに同情の余地はないが、女性をあまり弄ぶものではないと己をこっそり戒めた。

あれ以来サシャが土産を持ってライムバッハ邸をよく訪れるようになったのは、リーゼロッテの暴走に多少の責任を感じている詫びなのか、はたまた女遊びをやめたので時間を持て余しているのか、それはわからない。

ただジークフリートは、女遊びをやめた彼の興味がマルゴットに向かないよう、内心ハラハラしながら牽制《けんせい》しているのであった。

社交界は当然、しばらくリーゼロッテの話題で持ちきりであった。サシャに捨てられパトリックに離婚され、ついには投獄されたのだ。彼女を嘲笑う者もいたが、さすがに悲惨すぎて口を噤む者も多くいた。カロッサ夫人など最初こそ自業自得だと笑っていたが、そのうちリーゼロッテの話題を避けるようになった。彼女のしたことは全く愚かとはいえ、理解し難くもないのだろう。見た目の美に執着し本質を誤って転落した姿は他人事ではない。

その影響なのか社交界ではほんの少しだけ、美しさを過剰に競い合っていた女性たちがおとなしくなったとか。

リーゼロッテの事件と共に話題になった人物が他にもいる。ベーデカー伯爵夫妻だ。ふたりはある日を境に社交界からぱったりと姿を消した。床に伏せっていて療養中だというが、詳しいことは誰も知らない。リーゼロッテの裁判のときにだけ姿を見せたが、ふたりとも酷いやつれようだった。

夫妻は幽霊のように痩せ衰え、娘は犯罪者になり公爵と離婚。ベーデカー家のあまりの転落ぶりに、あの一家は呪われているのではないかなどと囁かれた。唯一元気で幸福な日々を送っているマルゴットを案じる声もあったが、ジークフリートは気にしない。

ベーデカー家の三人が身に受けている不幸は全て自業自得、長年の罪の清算なのだと知っているからだ。

真相を知らないマルゴットは父母のやつれぶりを『どうしたのかしら』と気にしていた。ジークフリートは『大丈夫、死にはしない』と妻を励まし、『あと数ヶ月したらお父上から心の籠もった手紙が届くかもな』とだけ付け加えたのだった。

　そうして騒動の一年が過ぎ、狩猟大会の仕切り直しを以て、クータニア帝国の社交界は落ち着きと明るさを取り戻しつつあった。


　――六月。

　マルゴットがジークフリートの妻となり、お披露目でその姿を世に現してから二年が経とうしていたある日。

　ネイドリーバーグに観劇に来ていたふたりは、すれ違った若い女性の集団のお喋りに思わず耳をそばだてた。

「ねえ、知ってる？　『地下に咲く白百合と旦那様』っていう小説！　今帝都で大人気でなかなか手に入らないのよ」

「あら、まさかあなたまだ読んでないの？　私は読んだわよ、わざわざ帝都の本屋を回って買ったんだから」

「私も読んだわ！　すごく面白いの。地下に閉じ込められて育った主人公が優しい旦那様の手でどんどん美しくなっていって……ああ、素敵だわ。私もあんな旦那様に見初められて、美しく変身したい」

「そうそう、なんて言ったって旦那様が最高なのよ。厳しいところもあるけれど優しくて逞しくて、狩猟も国で一番の腕前で。それに何より、すっごく情熱的！」

ひとりの少女が興奮気味にそう語ったところで、マルゴットは耐えられなくなり真っ赤な顔を俯かせて足早にその場を去った。

「逃げなくてもいいじゃないか、素晴らしい称賛ぶりだったぞ。あなたの物語を少女たちは胸ときめかせて楽しんでいる。光栄だな、ルメール夫人」

追いかけてきたジークフリートに、マルゴットは焦りながら「シーッ！」と人差し指を口にあてて振り返る。

「その名前で呼ばないでください！　誰かに聞かれたらどうするのですか！」

「光栄な名を隠すなどおかしな人だ。さっきの少女たちもあなたが『地下に咲く白百合と旦那様』の作者だと名乗れば、きっと喜ぶだろうに」

「そんな恥ずかしいこと絶対にできません！」

赤くなった顔をブンブンと横に振るマルゴットを見て、ジークフリートはクックッと肩を揺らして笑う。そして乱れてしまった妻のプラチナブロンドを優しく指で梳くと「あなたは本当に愛らしい。『旦那様』が情熱的になってしまうのも仕方ないな」とからかって、ますますマルゴットの顔を赤くしたのだった。

『地下に咲く白百合と旦那様』という恋愛小説が帝都を中心とした書店で売られるようになったのは、今から約一ヶ月ほど前。

家族に虐げられていた主人公が数奇な運命で出会った男性と結婚し、彼の手によってみるみる美しくなり、溺れるほど愛されるというロマンスは多くの女性読者を心酔させた。

話題が話題を呼び『地下に咲く白百合と旦那様』はたちまち人気を博したが、その作者が誰なのかは誰も知らない。

それもそうだろう、作者として記名されている『ルメール夫人』はマルゴットの偽名、ペンネームなのだから。

本を読むことが大好きなマルゴットは、結婚して一年を過ぎた頃から自分でも物語を書いてみたくなった。

誰にも見せるつもりはなかった。ただ、ジークフリートと結婚してから日々覚えた喜怒哀楽を漠然と記憶しているだけではもったいなくて、物語に落とし込んでみようと思いついたのだ。

とはいえ文字は書けても、マルゴットは物語を綴る勉強などしたことがない。大きな冒険や研究をしたこともなければ、魔法の世界を思い描くような想像力もない。結局書けたのは、自身をモデルにした半自伝の恋愛小説だった。

初めは見よう見真似でぎこちなく文章を書いていたが、やがて慣れてくると面白くて夢中で執筆した。一時期など本を読む時間すら執筆に注ぎ込んだほどだ。

そして、愛しい妻が何かに夢中になっている様子をジークフリートが見逃すはずもなく……。

小説を執筆していることが知られてしまったマルゴットは盛大に恥じた。自己満足の駄文など誰にも見せるつもりはなかったのだから。しかし三百ページを超える力作を、誰かに読んでもらいたいという気持ちもあった。

見せたい欲求と、ジークフリートの『読ませてくれないか？』という日夜の圧に屈したマルゴットは、顔から火が出そうになりながら書き上げた小説を渡した。そして翌日、徹夜で読み終えたジークフリートの絶賛にまたしても顔を真っ赤にし、彼の強引な勧めに頭を混乱させせながらあれよあれよという間に本を出版することになっていたのだった。

しかしさすがに半自伝であることが世に知られたら、恥ずかしくて生きていけない。何故なら小説には主人公が旦那様に熱く愛される場面が何度もあるのだから。

マルゴットは『ルメール夫人』という異国風の偽名を使い、小説の内容も身元がバレないよう一部改変した。

『地下に咲く白百合と旦那様』というタイトルはジークフリートがつけたものだ。さすがに自分をモデルにした主人公を『白百合』と呼称するほどうぬぼれてはいない。初めは『地下の幽霊娘と旦那様』というタイトルだったのだが、あなたを卑下するようなタイトルはよくないとジークフリートに反対されてしまったのだ。

そうしてなんとも麗しいタイトルと『ルメール夫人』という存在しない人物の名をつけて、小説は世に出た。

ジークフリートは大げさに褒めてくれていたが、素人の書いた日記のような小説が人々に受け入れられるなんて、マルゴットはこれっぽっちも思っていなかった。

しかし、世の中の乙女は思っていたよりずっとロマンスを求めていたのである。

『地下に咲く白百合と旦那様』は女性、特に年若い十代、二十代の女性に人気を博した。誰もが素敵な『旦那様』に憧れ、自分もそんな男性と結婚したいと望む声が多く聞こえた。

マルゴットは複雑な気分だ。帝国中で自分の小説が読まれていることは恥ずかしいが嬉しい。けれど多くの女性がジークフリートをモデルにした『旦那様』に恋をしていると思うと、なんだか妬けてしまうのだ。

しかし『旦那様』……もとい、ジークフリートは、マルゴットの小説が売れることが嬉しそうだ。

マルゴットの素晴らしい才能が世に認められた、という喜びもあるのだろう。だが彼の上機嫌の理由は、小説内で主人公が旦那様と熱烈に愛し合っているからだ。

厳格なジークフリートは人前で惚気《のろけ》ることはしない……つもりでいる。実際は愛妻家と噂されるほどマルゴットを愛しているのが丸わかりなのだが、本人は余計なことを言わず慎んでいるつもりだ。

しかし彼は本当は声を大にして言いたい。妻がどれほど可愛くて、自分たちがどれほど愛し合っているかを。

『地下に咲く白百合と旦那様』を読んだ人たちが主人公と旦那様の愛を褒めそやせばそやすほど、ジークフリートは密かに得意になる。『旦那様』が自分の代わりに誰憚ることなく愛の歌を歌っている気分になるのだ。

そんなわけで、今やマルゴットとジークフリートの愛は物語となって帝国中に広まっている。

発売から一ヶ月、帝都だけでなくネイドリーバーグなどの街でも評判を耳にするようになり、ジークフリートは上機嫌、マルゴットは恥ずかしがってばかりだ。

「出版社が続編を出したがっている。帝国中の少女もきっと続きを待ってることだろう。あなたの素晴らしい物語をもっと綴ってみたらどうだ？」

ライムバッハ邸に帰ってきたふたりは居間のソファーに並んで座り、お茶を飲んで一服しながら話す。

「続きは……もう書けません」

しかしマルゴットはココアのカップを手にし、ジークフリートの勧めに小さく首を横に振った。

「そうか。無理強いはしないが……もう書くのが嫌になってしまったのか？」

尋ねたジークフリートにマルゴットは唇を尖らせると、少しいじけたように上目遣いで答えた。

「これ以上続きを書いたら、帝国中の少女が『旦那様』に恋をしてしまうわ。ジークフリート様を取られるみたいで、なんだか嫌なんです」

自分で書いた本の読者にやきもちを焼くなんて、どうかしていると思う。しかしマルゴットはこれ以上彼の愛を誰かにおすそ分けするつもりはなかった。

それを聞いたジークフリートは目をまん丸くしたあと、たまらず笑いだす。マルゴットは「笑うなんて酷いです！」と頬を膨らませたが、彼は「そうではない」と楽しそうに見つめ返してきた。

「以前、俺はあなたが夢中になるあまり本に嫉妬していたんだ。それが今やあなたが本に夢中な読者に嫉妬している。なんだか不思議なものだ。本はときに、現実以上に心を動かし得るのだろうな」

そう言ってジークフリートはマルゴットの肩を抱くと、顔を傾けてキスをした。アプリコットの香りがする甘いココアの味がする。

「ではルメール夫人。これから『旦那様』が見せる情熱的な顔は、あなただけの秘密にしてくれ。『旦那様』は妻以外の女性に恋をさせるつもりはないので」

ジークフリートは悪戯っぽく笑いかけ、マルゴットの手からカップを抜き取りテーブルに置いた。そして目をぱちくりさせているマルゴットの腰を持ち上げ、向き合う形で自分の腿の上に跨らせてしまったのだ。

「ジークフリート様⁉」

驚いて腿から下りようとするマルゴットの背に腕を回し、逃がさないように抱きしめる。ジークフリートは額を触れ合わせ、「あなたの席はここだ、我が妻」とクスクス笑った。

出会ったときは圧し潰されそうなほど厳格な雰囲気を纏いニコリともしなかった彼が、いつの間にこんなに屈託なく笑うようになったのだろうとマルゴットは思う。

この屋敷に来てから自分は相当変わったが、彼も随分と変わったように感じる。公務に対して真面目すぎるほど真面目で厳格なのは変わらないが、ふたりきりのときは表情が豊かで柔らかくなった。こんな少年のような表情を見せるのもしばしばだ。マルゴットはそのことが嬉しい。

「もう、こんなところを誰かに見られたら驚かれてしまいますよ」

「大丈夫、ここは俺の屋敷だ。誰も見ない」

「窓を覗く鳥が噂をするかも」

「そんな可愛い冗談を言っても放さないぞ」

甘くじゃれ合うような会話を交わしながら、ふたりは啄むようなキスを繰り返す。

キスはやがて深いものに変わり、マルゴットは口腔に入り込んできた彼の舌に自分の舌を絡めた。なまめかしく舐《ねぶ》り合い、互いの体に火が点くのを感じる。……しかし。

「ん……はぁっ」

唇を離して、マルゴットは大きく空気を吸い込む。キスに夢中でうっかり呼吸を止めてしまっていた。

「また息を止めていたのか。あなたの鼻は可愛らしいが、呼吸をするのは苦手らしいな」

二年経ってもマルゴットは相変わらずキスが下手だ。唇を重ねながらどうしてもうまく鼻で呼吸できないのだ。

しかしそんなところも愛しいとジークフリートは思っている。マルゴットの小さな鼻先に口づけ、微笑みながら白金の髪を撫でた。

戯れのようにキスを楽しんでいたふたりだが、やがて彼はマルゴットの首筋や鎖骨に口づけだした。

「ん……っ」

くすぐったさに身を捩《よじ》る妻が腿の上から落ちないよう背を支え、ジークフリートは胸の谷間にも唇を寄せる。

「あ、っ……痕は……」

柔らかな双丘に口もとをうずめて彼は柔肌を強く吸った。絹のように滑らかで白い肌に、ぽつりと赤い花が咲く。

「そんなところに痕をつけたら、人に見られてしまいます……」

「谷間だ。あなたの胸を暴かない限り見られない。それとも、もっと秘めた場所のほうがいいか？」

そう言ってジークフリートはドレスの襟元を片手で引き下げ、マルゴットの豊満な乳房を露にした。愛らしい胸の実を口に含み、チュクチュクと吸い上げる。

「あっ、あぁ、んっ」

敏感な場所を強く吸われ、痺れるような快感が体を駆け巡った。もう片方の乳頭も指で摘ままれ、マルゴットはたまらなくなって身を捩る。

「……ここは痕がつかないな」

口を離したジークフリートは唾液に濡れいやらしく勃ち上がった乳頭を見て言った。

「もう何十回と口づけているが赤い痕は残せず、どんどん敏感になるばかりだ」

そうして今度は硬くなった実を舌と指先で転がすようにくすぐられる。

「あ、も、もう……」

すっかり息を乱したマルゴットは、体の奥が熱くなってしまった。乳頭を虐められるたびに下肢の奥がはしたなく疼いて仕方ない。

（ああ、もっと色々な場所に触れられたい）

切ない思いを昂《たかぶ》らせていると、それを察したようにジークフリートの片手がペティコートに滑り込んできた。

武骨な指が太腿をなぞって秘所へ辿り着き、指の腹で割れ目を撫でる。

「……はっ、あぁあ」

マルゴットは瞳を潤ませ声を震わせた。ジークフリートは彼女が落ちないよう肩に掴まらせてから、もう片方の手もペティコートの下に滑らせ腿と尻を撫でた。

大きくて温かい手に肌を撫でられ、安心感にも似た喜悦が湧き上がる。

割れ目をなぞっていた指は先端にある敏感な粒を優しく捏ね、マルゴットの蜜孔をしとどに濡らした。このままではジークフリートの脚衣を汚してしまうと思い腿から下りようとするが、丸出しの胸を吸われてしまい動けなくなる。

「待って、ジークフリート様。このままではお召し物を……あぁっ」

「構わない」

マルゴットはもう限界だった。胸と淫芽の敏感な場所を同時に弄られ、腰骨をたまらない愉悦が駆け抜ける。

「ひぁ、あぁっ！」

蜜を溢れさせ、花弁をビクビクと震わせながら達してしまった。胸の実は痛いほどに硬く勃ち上がっている。

限界まで昂った快感が爆ぜたのに、まだ満たされていない蜜口が激しく疼く。

マルゴットはジークフリートの首に腕を回し抱きつきながら、ハァハァと息を弾ませた。

「可愛いマルゴー。次はどうしてほしい？」

プラチナブロンドを指で梳きながら、ジークフリートが尋ねる。

マルゴットは葛藤した。居間で服を着たまま抱かれるなんてはしたないし、誰かに見られるかもしれない。なのに今すぐ抱いてほしいと体も心も叫んでいるのだ。

「何も言わないのなら、このままやめよう」

耳もとでそう囁く声は意地悪だ。耳たぶを食まれ「んっ」と体を震わせながら、マルゴットは涙声で言う。

「ジークフリート様、狡い……。私の体があなたに抱かれたがっているのを、知っているくせに……」

マルゴットの拗ねた顔は、ジークフリートの欲を煽る。彼は片手でギュッと妻の背を抱きながら、もう片方の手で自分の脚衣を寛がせ、屹立している雄茎を取り出した。

「そんな可愛いことを言われたら、今日はもう手加減できそうにない」

ジークフリートはマルゴットの尻を両手で軽く持ち上げ、そのまま自分の雄竿の上に下ろす。

「あぁあぁっ！」

いきなりズブリと深くまで穿たれ、マルゴットは背をしならせて喘いだ。疼いていた肉の壁が抉《えぐ》るように開かれ、全身が悦びに戦慄《わなな》く。

ジークフリートは手加減なしに腰を揺する。深い場所で雄竿が律動を繰り返し、マルゴットの狭隘《きょうあい》な蜜道をいっぱいにした。

スカートで覆われた中から、肌のぶつかる音と水滴が跳ねる音が聞こえる。きっともうペティコートも彼の脚衣もびしょびしょだ。

「うぅ、あっ！　ジーク、あぁっ……！」

愛してると言いたいのに嬌声が漏れてしまって伝えられない。するとジークフリートは口づけをしてきて、息を弾ませながら「愛してる」と告げた。

「あぁ、んっ、んぅ……っ」

言葉の代わりに口づけで、マルゴットも愛を返す。息が苦しいけれど必死に舌を絡め、夢中で求め合った。

『手加減できそうにない』と言ったジークフリートの言葉は本当で、彼は一度精を放つと今度はソファーにマルゴットを押し倒した。

服越しの抱擁では満足できなかったのか、彼は乱暴に自分の服を脱ぎ捨てる。普段なら絶対にしないことだ。同衾のときでさえ彼は脱いだガウンを軽く畳んでテーブルに掛ける。今日はよほど気持ちが昂っているらしい。

そしてマルゴットの首や胸に唇を這《は》わせながら、ドレスを強引に脱がせていった。

貴族のドレスは構造が複雑だ。着脱のたびに縫ったり解いたりする箇所もあって、人手を借りなければならない。

しかしジークフリートは生地が裂けてほつれるのも構わず、どんどん脱がせていく。

「や、破れてしまいます……」

マルゴットが躊躇いがちに言うと、妻が怯えていると思ったのかジークフリートは片手で頭を撫でてくれた。

「あとで直させるなり、新しいのを弁償するなりしよう。だから今だけは許してくれ。俺は今すぐあなたの素肌を抱きしめなくては、気が触れてしまいそうだ」

そう言って彼はドレスもコルセットもすっかり脱がせ、ようやく妻を丸裸にした。

服を破いてでも脱がせたことには驚いたけど、素肌で抱き合ってマルゴットも顔に笑みを浮かべる。

「温かい……」

初夜のときから、マルゴットは彼と一糸纏わぬ姿で抱き合うのが好きだ。ぬくもりも心音も重なり合って、ひとつになれるような気がする。それはこの上ない幸福と安心だった。

「綺麗だ、マルゴー。どんなドレスよりあなたの裸体のほうが美しい。できることなら何も着せず暮らしたいくらいだ」

ジークフリートはマルゴットの体を手のひらで撫でていく。まるでその形と感触に感動しているかのように。

「あぁ……」

先ほど絶頂を迎えた体は、まだ敏感なままだ。彼の手が触れるたび熱い息が漏れてしまう。

胸の膨らみを頂ごと撫でられ、細くくびれた腹も、縦長の臍《へそ》も指が優しく掠っていった。マルゴットの体はピクピクと震え、しっとりと汗ばんでくる。

真っ白な太腿もスラリと伸びた脚も触られ、最後に下肢の間を撫でられた。

ゆっくりと太腿を開かされ、珊瑚色《さんごいろ》の襞《ひだ》の奥まで指で開かれる。

「そんなに見ないで……」

羞恥に悶えか細い声で訴えるが、心とは裏腹に秘所は淫らに収斂《しゅうれん》して蜜を溢れさせる。

先ほどジークフリートが放った白濁液が蜜口から零れてきて、淫靡《いんび》すぎる光景だった。

ハァッと嘆息したジークフリートが、再び孔に雄杭をあてがう。

「すまない。もう耐えられない」

そう告げて彼は欲望のままに愛する妻の中を突いた。

ソファーの背もたれにマルゴットの片脚をかけて大きく開かせ、奥までうずめるように抽挿を繰り返す。

「あぁっ！　そんなにしたら、おかしくなっちゃう……！」

激しい律動にマルゴットが達しても、ジークフリートは抱き続けた。愛液が噴き出しソ

ファーをしとどに濡らしてもやめず、頑健な理性が崩れるのを自覚しながら存分に抱いた。

ふたりは日が暮れるまで、居間のソファーや絨毯の上で体を繋げ合った。

「ああ……ジーク、フリート……さま、ぁ」

「すまないマルゴー……。止められない俺を許してくれ。本当の俺はあなたを何度でも抱きたい獣なんだ」

「いいの、愛しています……」

結婚してからもう百回以上は抱かれているというのに、回を重ねるごとに快感は高まり、愛が募っていく。

体力の限界まで抱かれたマルゴットが意識を手放す直前、彼が心の底から絞り出すように呟いた。

「……あなたは本当に……美しい……」

眠りに落ちかけながら微笑んだマルゴットに、ジークフリートはキスをする。唇に、鼻先に、瞼に。そして――額の痣に。

帝国の乙女たちが待望していた『地下に咲く白百合と旦那様』の続刊が出たのは、それから三年後のことだった。

ただし『旦那様』が熱烈に主人公を愛し尽くした描写はない。それを知るのはルメール夫人こと、マルゴットだけの特権だからだ。

物語は前作よりさらに愛と幸せを深めたふたりの日常が綴られている。そこには、両親によく似た愛らしい赤ちゃんが加わっていた。

子供が生まれ新たな家族の形を築いた主人公の白百合は、物語の最後をこう締めている。

――私の物語は終わりません。何故なら本のページを閉じても私の人生は続き、命尽きるまで旦那様と子供を愛することをやめないのですから――

終

# あとがき

こんにちは、桃城猫緒《ももしろねこお》です。このたびは『完全無欠の辺境伯と身代わり花嫁の蜜甘婚～旦那さまに磨かれて愛され妻になりました～』をお読みくださり、どうもありがとうございます。

ヒストリカルでは王族のロマンスを描くことの多い私ですが、今回は辺境伯と伯爵令嬢という貴族同士のロマンスに挑戦してみました。王宮内の陰謀や国を巻き込んだ事件などもない、わりとほのぼのしたラブストーリーです。地下暮らしで家族に虐められていたヒロインが美しく変身し幸せになるシンデレラストーリーでもあります。今作の場合は美しくなる魔法をかけてくれたのはヒーローなので、往年の名作映画『プリティ・ウーマン』的な側面もありますね。

最初のどん底から、あとはひたすら上り調子で幸せになっていくヒロインを描くのは楽しかったです。マルゴットにはこれからもジークフリートと一緒に、ずーっと幸せの階段を上がり続けてほしいなと思います。

今作はきらびやかなロココ全盛期の十八世紀をイメージしています。ボンパドゥール大人やマリーアントワネットの時代というとわかりやすいですね。貴族女性たちが美しさを追求しすぎて、髪を滑稽なほど高く盛っていた時代です。

ヒストリカルでドレスといえば、この時代のローブ・ア・ラ・フランセーズやローブ・ア・ラ・ラングレーズを思い浮かべる方も多いのではないでしょうか。胸もとが大胆に開いていて、可愛らしくスカートが膨らんで、明るい色が多くてリボンやお花やレースがふんだんにあしらわれて……私もドレスの中ではローブ・ア・ラ・フランセーズが一番好きです。当時の貴族女性たちがより美しいドレスを求め華やかさを競っていたのも、なんだか頷けます。

そんな華やかな時代の空気を作品から感じていただけたなら、とても嬉しく思います。

さて、今回も作品が皆様のお手に届くまでにたくさんの方のお力がありました。この場をお借りしてお礼申し上げたいと思います。

表紙と挿絵を担当してくださった芦原《あしはら》モカ様。素敵なイラストの数々と最高のキャラデザをどうもありがとうございました！　マルゴットの透明感のある可愛らしさ、まさに深窓の白百合です……！　ジークフリートも堅実そうな中に雄らしさが見え隠れしてイメージ通りです！　そして遊び人アロイスの色気がすごい……。こんな素敵な男性ふたりに挟まれたマルゴットに対し、リーゼロッテがぐぬぬとなるのも納得です笑。

担当のT様、いつもお世話になっております。このたびも資料の相談に乗ってくださってありがとうございました。毎度お力添え本当に助かります……。

そして編集部様、出版者様、デザイナー様、書店に本を並べてくださった皆々様。どうもありがとうございます。作品を商品にして読者様のお手元に届けられるのは、皆様のお力があってこそです。いつも感謝しております。

最後に、この本をお買い上げくださった皆様へ。数ある書籍の中からマルゴットとジークフリートの物語を選んでくださって、どうもありがとうございました！　当作品を読まれ、胸キュンとともに明るく温かい気持ちになっていただけたら幸いです。

桃城猫緒

ドルチェな快感♥　Vanilla《ヴァニラ》文庫　とろける乙女ノベル

身代わり花嫁なのに、
皇子に溺愛されて!?

失踪した王女の身代わりとして、皇子ジェラルドと結婚させられた下女のルイーゼ。彼が初恋の相手だったのは嬉しいけど、王女のふりをしたまま彼に抱かれるなんて…。「恥ずかしがり屋なのに体はこんなに淫らだ」蕩けるほど愛されて、駄目だとわかっていても幸せを感じてしまう。なぜならこの結婚は王女が見つかるまでのかりそめのもので——!?

# 原稿大募集

ヴァニラ文庫では乙女のための官能ロマンス小説を募集しております。
優秀な作品は当社より文庫として刊行いたします。
また、将来性のある方には編集者が担当につき、個別に指導いたします。

## ◆募集作品

男女の性描写のあるオリジナルロマンス小説（二次創作は不可）。
商業未発表であれば、同人誌・Web 上で発表済みの作品でも応募可能です。

## ◆応募資格

年齢性別プロアマ問いません。

## ◆応募要項

・パソコンもしくはワープロ機器を使用した原稿に限ります。
・原稿は A4 判の用紙を横にして、縦書きで 40 字 ×34 行で 110 枚 ~130 枚。
・用紙の 1 枚目に以下の項目を記入してください。
①作品名（ふりがな）/②作家名（ふりがな）/③本名（ふりがな）/
④年齢職業 /⑤連絡先（郵便番号・住所・電話番号）/⑥メールアドレス /
⑦略歴（他紙応募歴等）/⑧サイト URL（なければ省略）
・用紙の 2 枚目に 800 字程度のあらすじを付けてください。
・プリントアウトした作品原稿には必ず通し番号を入れ、右上をクリップなどで綴じてください。

注意事項

・お送りいただいた原稿は返却いたしません。あらかじめご了承ください。
・応募方法は必ず印刷されたものをお送りください。CD-R などのデータのみの応募はお断りいたします。
・採用された方のみ担当者よりご連絡いたします。選考経過・審査結果についてのお問い合わせには応じられませんのでご了承ください。

## ◆応募先

〒100-0004　東京都千代田区大手町 1-5-1　大手町ファーストスクエアイーストタワー
株式会社ハーパーコリンズ・ジャパン　「ヴァニラ文庫作品募集」係

# 完全無欠の辺境伯と身代わり花嫁の蜜甘婚
## ～旦那さまに磨かれて愛され妻になりました～

Vanilla文庫

2023年10月5日　第1刷発行　定価はカバーに表示してあります

著　者　桃城猫緒　©NEKOO MOMOSHIRO 2023
装　画　芦原モカ
発行人　鈴木幸辰
発行所　株式会社ハーパーコリンズ・ジャパン
東京都千代田区大手町1-5-1
電話　03-6269-2883（営業）
0570-008091（読者サービス係）
印刷・製本　中央精版印刷株式会社

Printed in Japan ©K.K. HarperCollins Japan 2023 ISBN978-4-596-52748-6